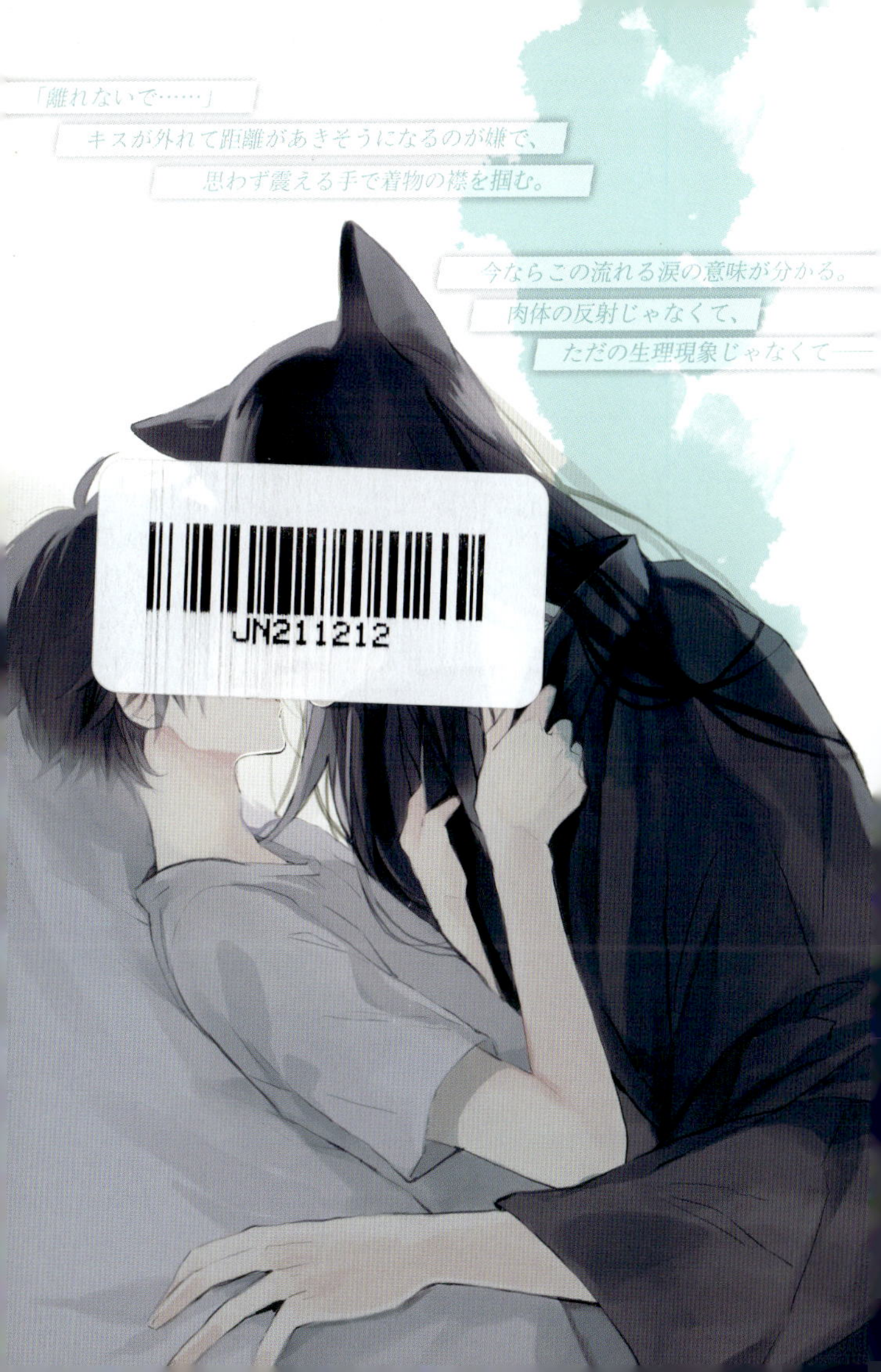
「離れないで……」
キスが外れて距離があきそうになるのが嫌で、
思わず震える手で着物の襟を掴む。
今ならこの流れる涙の意味が分かる。
肉体の反射じゃなくて、
ただの生理現象じゃなくて——

ラルーナ文庫

拝啓 愛しの化け猫様

小川 睦月

三交社

CONTENTS

Illustration

サマミヤ アカザ

拝啓　愛しの化け猫様

本作品はフィクションです。
実際の人物・団体・事件などにはいっさい関係ありません。

第一話　うちの黒鉄《くろがね》が化け猫になりました

「葵《あおい》、どうしたの？　ごはんよ」

ふすまがあく音と、母さんのやさしい声。

「いらない」

今のおれは、とても夜ごはんなんか食べられるきぶんじゃなかったから、かたい声でそう言った。

「まあ、どうして？」

「どうしてもっ」

ふとんをかぶったままだったから、おれの声がへんなことはばれてないはずだ。

「……じゃあ、お腹が減ったら出てきてね」

こんどはへんじをしなかった。

そっとふすまがしまって、母さんの足おとがろうかをひきかえしていった。

グスッ。

ホッとしたらまた、はなみずとなみだがかってに出てくる。

これじゃ、じょうきゅうせいのやつらが言うとおりだ。

――おとこおんなのあおいちゃん。泣き虫毛虫のあおいちゃん。

「おとこおんなじゃない」

まくらにギュッとかおをおしつけた。

くやしくて、耳がジンジンしてあつい。

「にゃー」

「くろがね」

ふとんの足のほうから、くろがねが入ってきた。

「くろがね。おれ、やっぱりなきむしなのかな」

「にゃうん」

くろがねは、おれのかおにはなづらをグイグイおしつけてから、おれのおなかのあたりにおさまった。

「あいつら、いっつもうしろから〝ふいうち〟してくるんだ。ひきょうだよ」

すりむいたひざにゆびをあててみる。いたいけど、血はもう出てなかった。

くろがねが入ってきて、ふとんの中はすごくあったかくなった。

丸くなって目をつぶってるけど、耳がこっちをむいてピクピクうごいてるから、たぶんはなしはちゃんときいてくれてるんだ。

「くろがねみたいにつよくなりたいなぁ」

「にゃん」

くろがねがへんじする。

なれるって言ってくれてるみたい。

まっ黒でツヤツヤなせなかをなでる。のどをゴロゴロいわせる音がきこえた。

くろがねはきんじょのねこのボスだ。くろがねが、ねこどうしのけんかでまけたのを見たことがない。

つよいくろがねをかってるおれがよわいなんて、かっこわるい。

「こんどあったらぜったいにぶっとばしてやる」

できるかわからないけど、声に出して言うと、すごくつよくなれそうな気がした。

「にゃーん」

くろがねが、そうだって言うみたいにながくないた。

ふとんからはい出すと、ごはんのたけるにおいがふんわりとただよってきた。

三月の日は暮れるのが早い。終礼が終わって放課になる頃には、すでに夕暮れの雰囲気が漂っている。

「葵、一緒に帰ろうぜ」

課題のノートと教科書をカバンに詰めていると、浩隆《ひろたか》がやってきた。

「お前、今日部活は？」

「休み。最近夜物騒だから、当分、放課後の部活は禁止だってよ」

そう言って浩隆はつまらなそうに肩を竦《すく》めてみせた。

「ふぅん。物騒ってなに？」

参考書と辞書を詰めると、カバンはかなり重くなる。ジッパーを閉めてから、勢いよく肩に引っかけた。

「なにって、終礼で石黒《いしぐろ》が言ってたじゃん」

「そうだっけ？」

担任が言っていた連絡事項を思い出そうとするが、全体的に不鮮明だ。そういえば終礼自体、なにを話していたか覚えていない。

教室の出口に向かって歩き出すと、浩隆が呆《あき》れ笑いしながらついてくる。

「葵、大丈夫かよ。市内で不審火と変質者が増えてるって話だよ。新聞見てねえの？」

新聞は届いている。でも去年の冬から溜《た》まる一方で一度も読んではいない。読む者がいないのだ。

「あったかくなってくるとヘンなの増えるからなぁ。それで学校自体早く閉めるんだってよ」

なるほど。

「そりゃ物騒だな」

「だから、そう言ってるじゃん」

浩隆の声が、すぐ後ろの高い位置で笑う。朗らかで明るい、いつもの笑い声だ。

「そんでさ、帰りにいつものハンバーガー屋寄ってかない？　今日の課題さ、おれ全然分かんなくてさ」

「ごめん、浩隆」

ドアを大きく開けてから、振り向いて浩隆の足元を見た。

「ちょっと今日も早く帰りたいからさ。……ごめん」

楽しげに喋《しゃべ》っていた浩隆が、ピタリと動きを止める。

「……そっか。分かった」

さっきまでと同じ調子の、明るいままの声が答える。それを聞いて、ようやくチラッとだけ浩隆の顔を見た。いつも通りの垂れ目がヘラリと笑って、こっちに向けられていた。

「んじゃ」

「おう」

居たたまれなくなって、手を上げる挨拶《あいさつ》をしてからドアをくぐった。早足になりすぎないように、スタスタと廊下を進む。

多分、浩隆はおれが昇降口を出るくらいの時間待ってから動き出すはずだ。

「舟戸《ふなと》」

職員室の前を通り過ぎようというところで、誰《だれ》かに呼び止められた。振り向くと、担任の石黒だった。

「なんですか」

引き戸を半分だけ開けて、妙に低い位置（おれの腰くらいの高さ）に斜めに顔を突き出している石黒に向かって言う。思いがけず口調がつっけんどんになって、胸の中だけで慌てた。担任はそんなことは意に介していないようで、顔の前でおいでおいでをした。

「あのさ、お前、最近メシ食ってる？」

「……はい？」

ドアの前まで行って、石黒が椅子《いす》にかけたまま顔だけドアから出していたことが分かった。キャスター付きの椅子なので、足で床を蹴《け》って移動してきたんだろう。相変わらず横着な教師だ。

「食べてますよ」

「昼メシは？」

「パンとか、おにぎりとか」

学校に来る途中の、海沿いの国道にあるコンビニを思い出しながら言う。職員室の中は暖房が効いていて暖かい。乾燥していないから、加湿器もあるのだろう。石黒のほかにも、五人くらいの教師が静かに立ち働いていた。

「朝は？」

「……牛乳とパンです」

ギシッと、背もたれが鳴った。地味な灰色の業務用椅子を左右にユラユラさせて、やる気のなさそうな担任は、ふぅんと何度か軽く頷《うなず》いた。

「んじゃ、夜は？」

「いや、テキトーに……って、なんなんですか？」

質問の意図が分からない。生徒の献立を、内申書の備考欄にでも書くのだろうか。石黒はフウッと息を吐くと、背もたれから背中を引き剝《は》がした。

「あのな、尾崎《おざき》が心配してたぞ」

「浩隆が……って、なんですか。それ」

思ってもいなかったセリフに、おれは急速に不愉快な気分になる。

心配ってなんだ。心配って、おれがどういう生活してようが、それで担任からこんなふうに詰問される謂《いわ》れなんてない。

「舟戸、最近尾崎んち行ってないんだろ？　近所で、今までいろいろ世話になってたのに」

「それは、なんとなく面倒で……」

たしかに、浩隆の家は近所だ。小学生の頃から、家族ぐるみで付き合いがある。

浩隆と兄貴、妹、両親に祖父母。大所帯で、あのへんによくある古い一軒家だ。おばさんとばあさんが山盛りこしらえたおかずを、七人がワイワイ囲んで食べる夕食の様子は賑《にぎ》やかで、おれも小さい頃からその輪に加わって、楽しい時間を送っていた。それも先週までのことだった。

「近所っていってもよその家だし、そんなにしょっちゅうお邪魔できないですよ。子供じゃあるまいし」

『いつでも来てくれていいんだよ』

『葵くん、ここを自分のおうちだと思ってくれていいからね』

おじさんもおばさんもそう言ってくれた。まだ雪が降っていたから、多分事故からそんなに経っていない頃だ。日付の記憶はおぼろ。もう、ずっと。

『ありがとうございます』

腹は減っていたから、嬉《うれ》しかったはずだ。

それからは、小さい頃よりもずっと頻繁に、尾崎家の夕食にお邪魔した。

『葵、おれんち住めば』

浩隆が楽しそうにそう言って、ヘラリと笑ってくれるのも嬉しかった。でも今は、よその家の家族団欒《だんらん》に混じって平気でいられた自分が、とても不思議に思える。

「そりゃあそうだが」

目の前の石黒は、口ごもって困った顔をしている。

「大丈夫ですよ。ちゃんと体育も出てるし、成績も落ちてないでしょ」

肩に重く食い込むカバンには、ちゃんと参考書だって教科書だって入っている。おれは真面目《まじめ》な高校生だ。真面目に勉強している。

でも、なんのために？

勉強しても、メシ食っても、人間、死ぬ時は死ぬんだ。

「まあ、お前がいいならいいんだけどな。世話になってるひとに心配かけるのはだめだ。たまには顔見せに行けよ」

担任は、普段あまり見せない教師らしい顔になると、そう言って締めくくった。

「はい」

外に出ると、もう空は赤く染まっていた。自転車置き場を横切って、正門を出た。堤防沿いの狭い歩道を歩いて帰る。いつものコンビニに寄ってもいいけど、なんとなくそんな気分になれなかった。

「あ、そうだ」

買い出しを思い出して、コンビニの二軒隣にあるホームセンターに入った。

左肩には参考書の詰まったカバン、右手には猫缶と五キロ入り猫砂の入ったビニール袋を持って店を出る。

「重てぇー」

カバンをかけ直そうとして、ふと店頭の張り紙に気づいた。

『不審者に注意！

市内で放火と思われる不審火が多発しています

戸締まりに気をつけて

ゴミの屋外放置に気をつけましょう

不審者を見かけたら一一〇番を！』

さっき浩隆が言っていたのはこれか。警察が配布しているポスターのようだ。市内の簡単な地図が載っていて、その中にマルが四つついている。事件が起こった場所を示しているのだろう。たしかに学校からも近いし、おれの家もそんなに遠くない距離だ。気にしておいたほうがいいかもしれない。

持ち手が腕に食い込んでいたビニール袋を両手で抱えるように持ち直して、家路についた。


「ただいま」

すりガラスのはまった引き戸を開ける。玄関は暗く、ひとの気配はない。壁のスイッチを手で探って明かりを点《つ》けると、奥の居間から黒鉄の鳴き声が聞こえた。

「にゃー」

「ただいま、黒鉄」

靴を脱いでまっすぐ居間に向かう。ガラス障子で仕切られた八畳の居間の真ん中に、毛布をつくねた猫ベッドが置いてある。黒鉄はそこに潜ったまま顔だけこちらに向けていた。

「寒くなかったか？」

まずは部屋の隅にある石油ストーブを点火させて、それから黒鉄の前に座った。

「んにゃ」

眉間《みけん》をそっと撫《な》でてやると、黒鉄は小さな頭をすり寄せて喉《のど》を鳴らした。

黒鉄は、頭から尻尾《しっぽ》まで真っ黒な猫だ。おれの母さんが父さんと結婚する前から飼っていて、おれとは生まれた時から一緒にいる。

毛布の中にはタオルで巻いた湯たんぽ、ベッドの下には、八十センチ四方くらいのホットカーペットが敷いてある。湯を取り替えるため、湯たんぽを黒鉄の身体《からだ》の下からそっと引き出した。

「うにゃっ」

「おっと。ごめん、ごめん」

後ろ足の爪《つめ》を、タオルに引っかけてしまった。そっと外して、痩《や》せた脚を撫でた。

「すっかり小さくなっちゃったもんなぁ。気をつけなきゃな」

「にゃあ」

黒鉄は気持ちよさそうに目を細める。昔なら、後ろ足を触ったりしたら、さっと逃げられていたのだが。

「さて、と」

気を取り直して、猫ベッドの横に目をやった。トレーに乗せた餌皿《えさざら》と水入れがある。中身は朝とあまり変わっていない。

「また食べてない……」

耳がピクリと反応した。叱《しか》られるのが分かっているのだ。

「黒鉄」

黒鉄は目を閉じたままだ。いつもは呼べば必ず返事するくせに、こういう時は絶対に反応しない。

「ちゃんと食べないとだめだろ？　薬だって入ってるんだから。食べないと元気になれないぞ」

うるさいなとでも言うように、耳がパタパタ動いた。

「聞いてるくせに」

気まずいのかあからさまに無視する黒鉄の人間じみた様子が可笑《おか》しくて、つい噴き出してしまう。

「まあ、いいや。新しいの出すから、それ食べろよ」

「にゃうん」

湯たんぽとトレーを持って立ち上がった。居間から台所に抜けると、底冷えがする。おれは腕を擦《こす》りながらヤカンを火にかけ、買ってきたばかりの餌を皿に盛った。

「ほら」

トレーを目の前に出すと、黒鉄はやっぱり腹が減っていたのか身を乗り出し、餌を検分するようにクンクンと匂《にお》いを確かめる。

「にゃっ」

それから、こっちに向き直って、ひと声鳴いた。

「なんだよ。いつものゴハンだよ。早く食べろよ」

黒鉄はじっとこちらを見るばかりで、食べようとしない。

「あ、……そうか」

ふと思い出して膝《ひざ》を打った。それからもう一度台所に向かい、食器棚の下を漁《あさ》る。

「おれも一緒に、だったな」

「うにゃん」

その通り、というような声。

常備しているカップラーメンを見つけて、包装を剝《む》いて準備する。

黒鉄はおれが食事しないと食べ始めない。腹が減ったと催促した時でさえ、目の前に餌を用意しても、ただ見ているだけだと口をつけないのだ。おかげでおれは面倒ながらも、なにか食べる羽目になる。昔はこんなことなかったのだが、年を取って、黒鉄にもいろいろあるのだろう。

「ひとりで食べるのは、寂しいからな」

ヤカンの湯の残りでカップラーメンを作った。

「いただきます」

居間の卓袱台《ちゃぶだい》で手を合わせる。横には黒鉄の猫ベッド。

はじめのうち、黒鉄はおれがラーメンを啜《すす》るのをじっと見ているが、そのうちおもむろにベッドから這《は》い出して、自分の皿の前に座る。それからゆっくりと食事を始めた。

「うまいか？」

「んにゃ」

ゆっくりと噛《か》みしめるようにして、黒鉄は食べる。

「黒鉄のが、指導上手だよな」

石黒とのやりとりを思い出して呟《つぶや》く。黒鉄が不思議そうな顔でこっちを見た。

「なんでもないよ。ちゃんと食べろ」

――そんで、長生きしてくれよな。

耳のあたりをくすぐってやる。それからは、お互いの食事する音だけが居間に響いた。

食事を終わらせて卓袱台を拭《ふ》いていると、ケータイにメールの着信があった。

「浩隆か……」

帰り際のやりとりを思い出して、なんとなく気まずい気分になりながら、内容に目を通す。

件名：おれやっぱりアホだー
やっぱり課題分かんねー！笑
数学めんどくせえよー
葵、メシ食った？　お袋が今度

また遊びに来いってさー
愛梨も葵に会いたいってうるさいし
そんで兄貴もなんとかいう映画
の話したいから遊びに来いって
なんの映画かは忘れた笑

浩隆らしい、大雑把で、気遣いの塊みたいなメールだ。本文を二回読んで、返信しようとしたが、結局そうはせずにケータイをオフにした。

本当に心配されているんだろうな。石黒におれのことを伝えたのも、悪気があるわけじゃないのは分かっているんだ。気恥ずかしいような、悲しいような、腹の立つような、やっかいな気分だ。

返信は後回しにすることにして、ケータイをカバンの奥深くにしまう。長く息を吐きながら卓袱台に突っ伏した。

「にゃー」

猫ベッドでまどろんでいた黒鉄が、目を開けてじっとこっちを見る。

「黒鉄。おれさ、心配されんの疲れたよ」

天板の上で、頭を黒鉄のほうとは反対側に向けた。

襖《ふすま》で仕切られた奥の部屋は仏間だ。朝の挨拶の時にしか開けることのない真新しい仏壇が、ひっそり収まっている。両親のものだ。

両親は、半年前に事故で死んでしまった。交通事故だった。

二学期が始まったばっかりのことで、授業中だった。石黒が教室に飛び込んできて、

『舟戸！　荷物持って、急いで職員室へ来い！』

そう言った時、黒板の英文を写していたのを、妙にはっきり覚えている。

ただならぬ雰囲気に圧《お》されて、黙って言われた通りにした。そして職員室には向かわずに、直接石黒のクルマで救急病院に連れていかれた。道中で理由を問いただすと、石黒は険しい顔で答えた。

『ご両親が事故に遭われたそうだ』

そして、

『怪我《けが》は軽くないらしい』

苦々しくそう付け足した。

実際、軽くないどころではなかった。病院に到着してから六時間、おれと石黒は手術室の前のベンチに座っていた。合間に警察のひとが三回ほどやってきて、どう対応したかは覚えてないが、いろいろ説明されたらしい。三回目に、呆《ほう》けているおれにいつまでも質問を繰り返す警官を、石黒が怒鳴りつけて追い返したそうだ。後日改めて遺族調書というものを作るために警察署に呼び出された際にそう聞いた。

『いい先生だね』

そう言われて、ちょっとだけ笑った。

事故の詳細を聞きに警察に行った時も、石黒は一緒に来てくれて、扉一枚隔てた廊下の、固いベンチに座って待っていてくれた。

雨上がりの峠でのスリップ事故で、何度も家族旅行や海水浴やピクニックに出かけた懐かしいその乗用車は、ガードレールに突っ込んだ衝撃で見る影もなくひしゃげ、潰《つぶ》れてしまっていた。

呼ばれてドアを開けると、治療してくれたお医者さんや看護婦さんが、丁寧に頭を下げてくれた。

『顔に傷はありますか？』

もしあったら、それ以上部屋に入る勇気はないと思った。

『幸いにも、お顔は綺麗《きれい》です』

金縛りに遭ったようだった足を動かしてなんとかベッドに近づき、母さんの顔を覗《のぞ》き込んだ。

『……よかった』

勝手に言葉が出た。本当に綺麗な顔で、心底、安心したのだ。同じように、父さんの顔も覗いた。お医者さんたちがそっと部屋を出たあとも、そのまましばらくそこに立っていた。

ただ、立っていた。

『おれ、大丈夫です。今まで通りこの家で暮らします』

両親は親族との縁の薄いひとたちだったので、事故後に会った親類縁者は皆、見事に初対面ばかりだった。そして皆、初対面である以上にとても冷静で、誰もふたりの死を悲しんでいないように見えた。

今さら、誰かの世話になるまでもないと思ったし、身も知らない親族と家族になることなど考えられなかった。それに、その時のおれには、この家に残らないといけない理由があった。

黒鉄を待っていたのだ。

黒鉄は、事故の四日前から姿を消していた。一日、二日の家出は時々あることだったので心配はしていなかったが、事故の後もなかなか帰ってこなかった。

『葵くん、猫を家族だというのは言葉の綾《あや》だ。動物は君を養ってはくれないよ』

でも、おれは黒鉄と、生まれた時から一緒にいるのだ。

そうして、おれはひとりになった。

幸い、父さんは大学で教鞭《きょうべん》を執る傍ら研究分野の本の執筆もしていて、その印税を受け取る権利を相続することができた。そしてふたりそれぞれにかけられていた保険や、少なくない預貯金……成人するまで生活には困らないだろう金が手元に遺った。ひとりきりで持っているには重すぎる額が。

数少ない親族連中がいなくなって、浩隆の家で夕食をご馳走《ちそう》になるようになって、ある日黒鉄はフラリと帰ってきた。先週のことだ。

「黒鉄」

小さな耳が反応する。

「帰ってきてくれてありがとうな」

獣医に言わせれば、黒鉄はもう相当な高齢だ。人間にすれば百歳近い。それで何ヶ月も家出した挙句に、怪我も病気もせずに無事戻ってきたのは、奇跡のようなものだとも言われた。

実際帰ってきてからの黒鉄はずっと元気がない。もともと家の中ではおとなしいやつだったが、最近はこうしてずっと寝てばかりいる。

『臓器や骨に異状があるわけじゃないから、単に老化だろうね。もう爺《じい》さんだから』

かかりつけの獣医はそう言って餌や水、温度管理について教えてくれた。おれはそれを忠実に守っている。

少しでも長生きしてほしい。黒鉄がいなくなったら、本当にひとりになってしまう。

「おれ、自分のことばっかり考えてら」

苦いひとりごとを吐いて、仏間の襖から目を逸《そ》らした。

メールは、結局返さなかった。


風が強い。

ガタガタと雨戸が鳴っている。春先の海風は、夜になるとうんと強さを増すのだ。

日曜の夜、自室の机に向かっていたおれは、壁にかけてある時計を見てシャープペンを置いた。

「今日はもう切り上げるか」

ノートや参考書をしまい、腕を伸ばして立ち上がった。ずっと集中していたので、目の前がチカチカする。

「そろそろ寝るかな……あれ？」

振り返ると、黒鉄のベッドはもぬけの殻だった。その先、部屋のドアがほんの少し開いている。

「黒鉄？」

呼びかけながら廊下に出た。板張りの廊下はヒンヤリしている。

「居間かな……」

廊下を進むと、同じようにガラス障子が少しだけ開いていた。そっと開けて部屋に入る。しかしそこにも黒鉄はいなかった。

「おかしいな」

家の中でおれの部屋と居間は、黒鉄が行き来するので、常に暖房してある。普段ならどちらかに必ずいるのだ。

「おーい？」

台所を覗き、仏間を覗く。廊下を挟んだ二部屋（元は両親の部屋だった）と、さらに客間と納戸も見てみたが、どこにも黒鉄の姿はなかった。

「どこだー？　もう寝るよー」

トイレや風呂《ふろ》場も、念のため確認する。もう一度台所に戻って、勝手口の鍵《かぎ》がかかっていることを確認し、思い立って玄関にも向かった。こちらも帰宅した時のまま、きちんと施錠されていた。

引き戸のガラスが、夜風にカタカタと鳴っている。

「どこ行ったんだよ……」

脱走することは昔からあるが、年を取って弱ってしまってからは、こんなことはなかったのに。

途端に不安になる。

『猫は死期が近づくと姿を消す』

なにかの本で読んだまことしやかな言い伝えが、頭のすみをよぎる。指先からゾワリと悪寒が湧《わ》いた。

「そんなわけない」

自分の思い過ごしを諫《いさ》めるように、頭を振った。きっとどこか、押し入れか納戸のうんと奥にでも潜り込んでいるのだ。大丈夫、探せばちゃんと家のどこかにいる。

「黒鉄！」

カタンと、呼びかけに応《こた》えるように、家のどこかで音がした。

「……く、黒鉄？」

振り返った先は居間と、左右に続く廊下だ。自分の家なのに、誰もいない屋内は妙によそよそしい。

「いるのか？」

おそるおそる奥へ向かう。どこからか隙間《すきま》風が入り込んできている。裸足《はだし》の足が冷たい。腕に鳥肌が立った。閉じかけになっていた居間のガラス障子に手をかけ、そっと開けた。

冷たい風が流れ込んできた。

濡《ぬ》れ縁に続く掃き出し窓がほんの少しだけ開いて、カーテンが翻っていた。

「さっきは……」

たしかに閉まっていたのだ。

泥棒か？　それとも例の不審者——

一瞬にして血の気が引く。部屋で時計を確認した際には、十二時を回っていた。ブワリと、一層大きくカーテンが煽《あお》られた。窓ガラスの向こうを目の当たりにして、おれは目を見開いた。

「黒鉄……」

掃き出し窓の開いた隙間に、ちょこんと前足を揃《そろ》えた黒鉄が、夜の闇《やみ》の中に紛れ込むように座っていた。

「にゃーん」

おれはすっかり脱力して、膝の力が抜けるところだった。

「にゃ、にゃーんじゃないよ」

片手で顔を覆って、腹の底からため息をついた。そういえば、黒鉄は引き戸が開けられるのだ。おそらく、掃き出し窓の鍵をかけ忘れたところを、偶然開けてしまったのだろう。

「カーテンの陰にでも隠れてたのか？　どこにいたんだよ……ったく」

カーテンを開けて、黒鉄を招き入れる。真っ黒なジジイ猫はゆっくり立ち上がると、尻尾を立て、おれの脚に身体をすり寄せながら部屋に入ってきた。その身体をひょいと掬《すく》って抱き上げた。

「外、寒いだろ？　勝手に出ちゃだめだぞ」

特に異状はない。まだ外には出ていなかったのかもしれない。

「にゃーう」

ご満悦といった様子で返事すると、黒鉄はスルリと腕を抜けて床に飛び下りた。

「鍵、気をつけないとなー」

窓を閉め、今度こそクレセント錠をきっちりと跳ね上げた。

――なーう。

「え？」

カーテンを引こうとしていたおれは、空耳のような声を聞いて、窓の向こうに目を向けた。

「なんだ？」

居間の外、物干し台のある庭はツツジの生垣と板塀があり、その向こうには藪《やぶ》と雑木林が続いている。その、藪の中に――

「猫？」

真っ白い――、闇の中に浮き上がるような白い猫が、こちらを窺《うかが》っていた。

猫は、こっちを見ているようだった。それだけの距離があるのに、その猫の左右で違う色をした両目が、間違いなくおれに向けられているのが分かる。金色と、緑色だ。

「にゃっ」

「いてっ」

突然の鋭い痛みに驚いて振り返る。黒鉄が、おれのくるぶしに爪を立てていた。

「なにすんだよ」

やめさせようと手を伸ばしたが、逃げられてしまった。黒鉄はそのまま部屋から出ていく。

「あ、おい」

ハッとして、もう一度窓の外を見た。強い夜風に藪の木々が揺れている。

白い猫は、もういなくなっていた。


「舟戸、ご両親が」

石黒だ。

手術してくれた先生だ。

「残念です」

「君はまだ子供だから、なにも分かってはいないだろうけど」

母さんの伯父《おじ》さんだ。

大丈夫です。おれ、黒鉄のごはん、用意しなきゃ。

「葵くん、いつでも遊びに来てくれていいからね」

「そうだよ。浩隆になんでも言ってくれ」

おばさんに、おじさんだ。

「葵、一緒に帰ろうぜ」

浩隆。

ごめん。早く帰って黒鉄のそばにいなきゃ。黒鉄さ、おれがいないとごはん食べないんだ。黒鉄は、おれがいないとだめなんだ。おれが一緒にいてあげないと、だめなんだ。

「葵くん。猫は君を養ってはくれないよ」

そんなの関係ないです。黒鉄はおれの家族だ。

「猫は家族じゃない。ペットだよ」

おれには大事な家族なんです。

「どうしたって、猫は君より先に死ぬんだよ」

君より先に死ぬんだよ。

いやだ。やめて。ひとりになるのはいやだ。黒鉄がいなくなったら、おれ本当にひとりになっちゃうよ。

いやだ。そんなのいやだよ。

「葵」

だれ。

「葵、そばにいてやる」

だれ。

「ワシはどこにも行かない。だから泣くな」

そこにいるのは、だれ？


「あれ？　どうしたの、これ」

体育の授業は、男子はグラウンドでサッカー、女子は体育館でバレーボールだ。

「ん？　ああ、黒鉄にやられた」

準備運動の相方は浩隆だった。人工芝の地面に開脚して座り、背中をグイグイ押してもらう。

今朝《けさ》は、時々見る妙な夢に起こされて、寝不足だった。

「珍しいな。葵んちの猫って、絶対葵には手ぇ出さないのに」

右足の外側には、大きめの絆創膏《ばんそうこう》が貼《は》ってある。昨日引っ掻《か》かれた痕《あと》だ。血はそんなに出なかったが、意外にも大きな傷だった。

「尻尾でも踏んじゃった？」

「うーん。そういうわけでも……」

立ち上がって、今度は浩隆の背中をおれが押す。あくびを嚙み殺しながら、昨夜のことを思い出してみた。

実際、不思議だった。いくら黒鉄が引き戸を開けられるといっても、それは襖や納戸の扉のことだ。外に出る掃き出し窓は大きく、もちろんそれだけ重い。窓の重さは正確には分からないが、黒鉄の体重は二・八キロほどだ。三キロに満たない高齢の猫に、アルミサッシの窓が開けられるものだろうか。

ピィイッ。

「じゃあ、チームに分かれろー。試合するぞー」

「よっしゃ！　尾崎、頼んだぜ」

「おー、任せとけ。じゃな、葵」

「おう」

浩隆は同じチームになったやつらと、センターラインの向こう側に走っていく。二年生にしてバスケ部のスタメンで、球技と名のつくものは元々なんでも好きなのだ。授業のサッカーだろうと、かまわず楽しそうにしている。スポーツマンらしい短い髪と広い背中。

小学生の頃から背は高かったが、今やすっかりクラスいちのノッポになってしまった。

おれはそんなにサッカーは得意じゃないので、目立たないようフィールドの端に陣取った。

昨夜あの後、家中の明かりを点けて戸締まりを確認し、使っていない部屋も再度見て回った。不審者の存在を否定しきれなかったのだ。結局おかしなところは見つからず、モヤモヤした気分のまま眠った。

フィールドの向こう側では、おれのチームにいるサッカー部のやつが、果敢に中盤を攻めている。オーとか、ワーとか賑やかだ。

「おい。お前らも行けよ」

背後から、ゴールポストにもたれていたキーパーの声が飛んできた。

「やだよ、めんどくせぇ。それに、おれらディフェンスだし。な、舟戸」

「ん？　うん」

考え事を中断して答えた。キーパーはそうでもないが、後衛に残った数人は運動音痴が大半だ。

「サッカー部とバスケ部がやり合ってる中なんて行ったら、怪我しちまうよ」

「間違いないな」

自慢じゃないが、集団競技は苦手だ。あと、ボールを扱うのも。あんなコロコロ転がるものを、どうしたら足だけで取ったり取られたりするなんてできるのだ。

「舟戸は頭も顔もいいんだからまだいいよ。お前は勉強も体育も顔もだめとか、終わってるじゃん」

「顔って」

童顔だというのは自覚していたが、思わぬ変化球の褒め言葉（褒められたんだよな？）に苦笑いした。

「うるせえな。顔は関係ないだろ。ていうか、それならお前だって似たようなもんじゃねーか」

チームメイトふたりのやりとりを聞き流し、目だけは集団の動きに向ける。

どのくらい血が繋《つな》がっているのかも分からない伯父だか伯母《おば》だかに頼ったりする気は、今も以前と変わらずこれっぽっちもないが、あの広い家にひとりで暮らすのはやっぱり無茶なのだろうか。

「それも、高校生のガキがさ……」

心細くないと言えば、嘘《うそ》になる。そんなふうに思ってしまうくらいには、昨日のことは肝を冷やした。

しかし、数少ない親類一同は皆、両親の死に対してとても淡白でどこか冷たい印象だったし、おれ自身が突っぱねたとはいえ、あっさりと引き下がり、それ以来どうしても必要な用件以外では電話すらかけてこなかった。どれだけ不安でも、あのひとたちを頼ることなど考えたくない。

「ガキだって、ちゃんとやってけるんだ」

　気合を入れるように呟く。

「え？　なんか言った？」

「なんでもないよ」

　チームメイトはふーんと言って、大きくあくびした。

「それにしてもこっちは暇だなぁ」

　ちょうどその時、けたたましいサイレンを鳴らして、グラウンドのすぐ横の通りを消防車が何台も走り去っていった。

「また放火かな？」

「最近、本当に多いよな。早く犯人捕まってほしいぜ」

「舟戸んちも、気をつけたほうがいいぞ」

　消防車の行った先を眺めていると、ひとりがそんなふうに言った。

「なんでおれんち限定なんだよ？」

「知らないのかよ。被害に遭ってるの、古い一軒家ばっかりなんだよ。ここらへんって、ボロい木造平屋が多いだろ？　狙《ねら》ってやってるって噂《うわさ》だぜ」

知らなかった。

「ああ、そうそう。うちもばーちゃんが昔の家でひとりだから危ないって、親父《おやじ》が言ってたわ」

「うちのじーちゃんもそれ。死んだばーちゃんの思い出があるかなんか知らんけど、あんなボロくて寂しい家で、ひとりで生活する気がしれないよなー。防犯とか、病気になった時なんかどうする気――」

「おいっ」

キーパーが慌てた様子で、もうひとりの肩を小突いた。発言していたやつはこっちを見て、ハッとした顔をしてみせた。

「わ、悪い」

はじめ、その言葉の意味が分からなくて、おれは首を傾《かし》げた。

「舟戸、その」

そこで、ようやく気がついた。

「ああ、気にしないでいいよ。ていうか、そうやって気ぃ遣われるほうが疲れるからさ」

笑いながら言うと、ふたりはホッとしたようだった。

でも、会話はそこで終わってしまった。

終礼直後の教室。

浩隆は帰り支度を整えて席を立つ。

「葵は？」

葵の姿を見つけられず、隣の席で話し込んでいる女子ふたりに声をかけた。

「終礼終わってすぐ帰ったみたい。なんか急いでたよ」

「まじで？」

今日こそ一緒に帰ろうと思っていたのに。

浩隆は当てが外れて、ガックリと肩を落とす。

「尾崎くん、ほんとに気遣いさんだよね」

「うん、偉いよ。私、未《いま》だにあんまり舟戸くんに話しかけられないもん」

女子ふたりは、葵の席に座り込んだ浩隆を慰めようと、そんなことを言った。

「小学校からの幼馴染《おさななじみ》なんだっけ？」

「うん」

今から追いかけたら追いつくかもしれない。そう思いついて、浩隆は立ち上がりかける。

「まだ半年くらいでしょ？　私だったら一年かかっても立ち直れないだろうなぁ。学校なんて来れないよ」

「でもさ、舟戸くんって、親戚《しんせき》のひとたちが一緒に住もうって言ったのを断ったんでしょ？　高校生がひとり暮らしなんて、無理だよね……」

そんなふうに言って、ふたりは気の毒そうに顔を見合わせている。浩隆は今度こそすっくと立ち上がり、カバンを肩に提げた。

「葵は頑張っちゃうタイプだからな。おれも放っておけないわけよ」

本当のところは分からない。ひょっとしたら、おれがしていることも迷惑なのかもしれない。ひとりになりたいのかもしれない。でも、あんなに寂しそうにしている葵を、どうしたら放っておけるだろう。

「よしっ」

浩隆は声に出して気合を入れると、ふたりに手を振って教室を出た。

嘘だろ。

家中のドアや襖や障子を開け放って、おれは頭を抱えていた。

「黒鉄！」

昼間に聞いた話や昨日のことが気になって、急いで帰ってきてみれば、黒鉄の姿はどこにもなかった。

嘘だろ。

昨夜と同じく、家のどこも開いてはいなかった。窓も、玄関も、勝手口も、たった今開けるまで全部閉まっていた。押し入れかどこかに潜り込んで眠っているかもしれないと思い、すべての部屋の押し入れを覗き、天袋を開け、納戸の荷物を引っ張り出した。でもどこにも黒鉄はいない。

不安が、冷や汗になって背中を冷たく這う。

「どっかに穴でもあるのかよっ」

外に探しに行ったほうがいいかもしれない。玄関に向かい、通学靴に足を突っ込んだ。その時、狙いすましたようにインターホンが鳴った。

「はい！」

慌てた勢いのまま引き戸を開けた。

「……おどろいた」

そこにはダウンジャケットを着た見知らぬ男が立っていた。肩を竦めて、目の玉が飛び出しそうな顔をしている。

「なにかご用ですか？」

声が刺々《とげとげ》しくなっているのが、自分で分かる。気持ちが逸《はや》ってどうしようもない。なんの用なんだ。

「えーと、お父さんかお母さんはいる?」

男はおれの頭越しに家の中を覗き込む。

「いないです」

つっけんどんに答えると、男はほとんど怯《おび》えたような表情になって、手の中のファイルらしきものを差し出した。

「そ、そうなんだ。じゃあこれ、ご両親に渡しておいて。火災注意のチラシ……」

おれはそれを受け取ると、そのまま靴箱の上に放った。

「分かりました。まだなにかありますか?」

「あ、大丈夫。ご、ごめんね。出かけるところを」

男はそう言うと、ペコペコ頭を下げながら出ていった。自分でもずいぶんな態度だと思うが、どうしようもない。黒鉄がいないんだ。おれは今度こそ靴に足を突っ込むと、玄関に鍵をかけ、家の門を飛び出した。

「わっ!」

「うわあっ!」

通りに出たところで、今度は自転車とぶつかりそうになる。甲高いブレーキ音が鳴り響いた。

「ひ、浩隆?」

「あー。びっくりしたー」

自転車に乗っていたのは浩隆だった。

「どうしたんだよ、血相変えて」

「お前こそなんで」

浩隆の家はこっち方面じゃない。

「いやその、葵、体育のあとからまた元気なかったからさ」

自転車から降りて、浩隆はいつもみたいにヘラリと笑った。

体育の時間、消防車のサイレン、クラスのやつらの困った表情と気遣い。

「平気だよ。いつもと変わんないよ」

思い出すと、自分の吐く言葉まで苦い。おれは浩隆の顔から目を逸らした。

「でもさ」

「大丈夫だってば」

苛立《いらだ》った口調を抑えられない。浩隆を遮って言い放った。

もう放っておいてほしい。おれを〝可哀想《かわいそう》がる〟のは、もうやめてほしい。

「……あのさ、葵」

ガチャンと、自転車のスタンドを立てる音。浩隆の声音が少しだけ低くなった。

「なんだよ」

目を逸らしたまま答える。

「葵がツラいのは……分かるよ」

いつもと違う真剣な口調。おれは自分の足元に視線を落とす。

「……分かんないよ……」

おれの気持ちなんか、浩隆みたいなやつには。

「分かるよ」

浩隆は即答する。

「分かんないよ」

おれも負けずに言い募る。安請け合いされたような気がしてカチンときたのだ。浩隆はそれでも退かない。

「葵」

「分かんないだろ！」

噛み合わないやりとりが苦しくなって、思わず大声が出た。

どうして分かってくれないんだ。分かんないって、どうして。

「おれの気持ちなんて、おれにしか分かんないよ！　浩隆はおばさんもおじさんも生きてるくせに。兄妹みんな元気なくせに、どうしておれの気持ちが分かるんだよ！　分かったフリするなよ。分かったフリして、憐《あわ》れんだりするのはやめろよな！」

食ってかかるように、勢いに任せてまくし立てる。言い終わって黙ると、肩が震えていた。

「あ……」

なにか、おかしい。ずっと言いたかったことを言ったはずなのに、心の隅っこから、後悔の黒い色がまるで真水を侵食する泥みたいに広がっていく。

「……ごめん」

胸の中を侵す泥の勢いは、弱々しい声で浩隆がそう言った時には、おれにはどうすることもできなくなっていた。

「おれさ」

ヘラリと笑った顔。

「子供の頃から葵のこと知ってるから……その、辛《つら》いだろうなって思ってさ。でも、そういうのが迷惑だなんて、思わなかったよ。おれ、頭悪いからさ」

心底申し訳なさそうな顔をして、浩隆は頭を下げた。

「気づかなくてごめん」

浩隆が謝ってるのは、なんでだ？　おれ、今、浩隆になんて言ったんだ？

「え、と」

喉がカラカラに干からびて、肩もまだ震えていて、声が出ない。

「いや、本当にごめん。そりゃそうだよなぁ……」

浩隆は気を取り直したように、いつもの明るい声を出した。

「立ち直ろうとしてんのに、大丈夫か大丈夫かって気ぃ遣われまくってたら、しんどいよな」

それから、ごめん、と繰り返す。

「はっきり言ってくれて、ありがと。言われなきゃ、おれ、多分ずっと気づかなかったわ」

返事もできず、呆然《ぼうぜん》としていたおれは、ガチャンという音で我に返った。自転車のスタンドを上げる音だ。

「え……ひろ」

「ごめん。……おれ、帰るわ」

返事を待たずに、浩隆はペダルを漕ぎ出して行ってしまった。おれはその場に取り残される。去り際の浩隆の表情が、目に焼きついたまま。

なにをしているんだろう。身体中の力が抜けて、その場に座り込みそうになる。なにをしているんだろう、おれは。心配してくれたひとを傷つけて——でも、おれは——あんなに気遣ってくれるひとを否定して——おれは、本当に辛くて——

頭の中で、後悔と意地が反発しあう。ぐちゃぐちゃだ。一番、自分を可哀想がって、憐れんで、甘やかしているのは、おれじゃないか。

「最低……」

片手で顔を覆って呟いた時、どこからか注がれる視線を感じた。顔を上げると、十メートルほど先に小さな黒猫が座っているのが見えた。紫色の目——黒鉄だ。

「黒鉄、どこ行ってたんだよ」

家を飛び出した理由を思い出す。ホッとして近づき、抱き上げようと手を伸ばした。すると黒鉄はおれの手をすり抜け、まるで見知らぬ人間を避けるように歩き出した。

「おい、黒鉄」

いつものように返事をするかと思いきや、それすらも無視して、黒鉄は家の門を潜《くぐ》って姿を消した。

「……なんだよ、それ」

あとを追って家に入る。玄関の鍵を開け居間に向かうと、どこから入ったのか、黒鉄はとっくに猫ベッドに収まって丸くなっていた。

「お前……どこから入ったんだよ」

猫ベッドの前にへたりこむ。小さな三角の耳が、うるさそうに一度だけ動いた。

「それに、どこから出ていったんだよ」

小さな頭を撫でる。

「なあ」

紫色の目が、おれの顔を映した。

「おれ、どうしたらいいんだろ。浩隆にあんな顔させて、……おれ、あんなことしちゃうくらいなら、もう誰にも会いたくないよ」

自分が辛いのも、誰かを傷つけてしまうのも、もううんざりだ。そう思った瞬間、目の前が歪《ゆが》んだ。

泣き虫毛虫のあおいちゃん。

ずーっと昔の、誰かの囃《はや》したてる声が蘇《よみがえ》る。目頭に溜まった涙が、俯《うつむ》いた顔からポタリと落ちた。

「昔から、全然、変わってない……や」

「……にゃー」

黒鉄がおれの膝に前足を突っ張って立ち、濡れた頬《ほお》を舐《な》めてくれた。ザリザリした舌の感触がくすぐったい。心配そうにしている背中を撫でると、そのまま黒鉄はおれの膝の上に座った。

「おれも、父さんと母さんと一緒に、死んじゃってたら、よかった」

視線の先には、和室の襖がある。物々しい仏壇、線香の匂い。

ひとりで起きた朝、ひとりでその前に座る意味。

「でも、そしたらお前がひとりになっちゃってたな」

乾いた毛並みを撫でながら、呟いて、少し笑う。黒鉄は、じっとおれの顔を見つめている。

「お前が、人間だったらよかったのに」


「葵、お前のこと心配だよ」

浩隆、そういうこと言うの、やめて。

「舟戸、元気出せよ」

大丈夫、元気だよ。

「ちゃんとメシ食ってるの？」

先生、おれ平気です。だから、構わないでください。

いつもの夢だ。みんなが口々に、勝手なことを言う夢。うんざりして、おれは耳を塞《ふさ》いだ。

「だって、ひとりなんだろ？」

耳を塞いでも、声は変わらず聞こえてくる。ギュッと目を閉じて、その場にしゃがみこんだ。それでも、声は頭の中で反響する。

「寂しいよなー」

「そうだよ」

「可哀想に」

うるさい！

勝手なこと言うな！　どうせおれの気持ちなんか分かんないくせに！　おれがどれだけ辛いかなんて、誰にも分からないんだ！

拳《こぶし》を地面に叩《たた》きつけながら叫ぶ。叫んでも声は出なくて、出涸《でが》らしみたいな息が、喉を震わせて漏れただけだった。

苦しい。夢なのに、こんなにも苦しい。

「葵」

うるさい。もう放っておいて。

「葵」

放っておいて。

「ワシがおる」

……だれ？

「ワシがそばにいてやる」

だれ？

「だから泣くな」

ザリザリした感触が、頬を舐めた。


夢？

気がつくと、自分の部屋の天井を見上げていた。まだ部屋は暗く、夜明けの気配もしない。枕元《まくらもと》のケータイを手探って、時間を確認する。

「二時か」

息を吸って、長く吐き出した。嫌な夢。自分のことが心底嫌になる夢だ。寝返りを打つと、背中に汗をかいているのが分かった。

「……喉渇いた」

おれは布団を這い出した。

台所でコップに水を注ぎ、ひと息に飲み干す。夢見が悪いことはしばしばあったが、夜中に目覚めるなんて、最近はすっかりなくなっていたのに。確実に昨日のことが影響している。

もうこのまま、学校にも行かないで、誰にも気づかれないで消えてしまえたら、どんなに楽だろう。それをしてはいけない理由なんて、どこにもないじゃないか。

「でも、……あの声」

聞き覚えのない、でもすごく懐かしい声だ。思い出しながら、自分の頬に触れてみた。

黒鉄が涙を舐め取ってくれたのとは、反対側だ。

「まさか」

そう呟いた時、素足のつま先を、冷たい風が撫でるのを感じた。

「……あれ？」

続きになっている居間のほうから、夜風が吹き込んでいる。コップを置いてそっとそちらに向かうと、濡れ縁に出る掃き出し窓が細く開いて、カーテンが揺れていた。

「なんで……？　だって寝る前に全部確認したのに」

ゾワゾワと寒気が背中を走る。不審者が入り込んだのか？　どこかに隠れているのか？

いるとしたらどこに……

そこまで考えて、不意に気づく。

黒鉄、どこだ？

恐怖も忘れて自分の部屋に取って返し、おれはいつもの定位置――布団の枕元――にある猫ベッドを確認した。

「いない」

思った通り、そこには黒鉄の影も形もなかった。毛布に触れてみるが、すっかり冷たくなっている。

「外に出たのか？」

わざわざ窓を開けて？

おれは椅子の背にかけてあったカーディガンを着ると、居間に戻って濡れ縁に出てみた。庭用のサンダルをつっかけ、そっと芝生に下りる。

夜風は強くはないが冷たく、空のてっぺんで満月が煌々《こうこう》と輝いていた。生垣と板塀の向こうでは、雑木林の木々がザワザワと薄気味悪く揺れている。

「なにしてんだ、おれ……」

気を紛らわせようと笑いながら言ってみるが、振り返ると自分の家でさえもそそり立つ幽霊屋敷のように見えて、肝が冷えた。

「くろ、がね……」

呼びながら一歩踏み出す。

「なーう」

「え」

思ってもみない返事が返ってきた。驚いて声のほうを見ると、庭の端、台所の勝手口から出たすぐの場所に、白い影があった。——金色と緑色の目。

「昨夜の……」

白猫はおれが近づくとスッと立ち上がって、板塀の下を潜っていった。

「あ」

サンダルのままそのあとを追う。普段は使わない旧《ふる》い木戸を開けると、白猫は通りを少し進んだ先で待ち構えていた。おれの姿を確認するとさらに走り出す。

「ま、待って」

白猫は通りをまっすぐ走り、ザワザワ揺れる雑木林の中に入っていった。躊躇《ちゅうちょ》することなく、そのあとに続く。怖いという気持ちはあったが、それよりもあの猫を見失ってはいけないという、不思議な直感に急《せ》き立てられていた。

「どこまで行くんだよ」

林の中は月明かりが枝に遮られ、外よりもずっと暗い。柔らかい腐葉土の地面はサンダルでは走りづらく、足元に注意しながら進んでいく。白猫は時々立ち止まっておれの姿を確認していたが、やがて木々の向こうにぼんやりと明かりが見えてくると、その手前の藪に飛び込んで、それきり姿を消した。

「あ、おい！」

追いかけようにも息が上がってしまい、おれは立ち止まって膝に手をついた。

「……で……」

明かりのほうから、ひとの声がした。驚いて、一瞬息が止まる。

「しかし……どの」

「……いうな……だ」

声は複数のようだった。背筋を立て直し、明かりのほうへと足を踏み出す。

ガサッ。

湿った土と葉を踏む音がして、声がピタリと止《や》んだ。ただならぬ緊張感が伝わってくる。動くことも、額から流れた汗を拭《ぬぐ》うこともできない。

「誰か……いるのか？」

思いきってそう言ってみた。しかし返ってくるのは沈黙。おれは意を決して、明かりの中へと進んでいった。

「え……？」

そこは、林の中にぽっかりと開いた広場だった。広場の中央に古い電話ボックスが一基建っており、弱々しい明かりを投げかけている。そしてそのぼんやりとした明かりの下に、見慣れた黒い猫がちょこんと座ってこっちを見ていた。

「黒鉄……？」

ほかには誰もいないし、なにもない。先ほどまで話していたひとの姿もない。

「葵、なぜここにいる」

そう問いかけられ、キョロキョロとあたりを見回していたおれは声のほうを見た。そこには相変わらず黒鉄の姿しか見えない。

「だ、誰？」

自分で言って、腕の肌が粟立《あわだ》つ。問い返してはいけない。誰もいないじゃないか。

「ワシだ」

しかし、今一度視線を周囲に走らせ、正面を向いたおれの前には、いつの間にか男がひとり立っていた。

「誰……？」

男は黒い着物を着ていた。黒く長い髪を背中に流して、紫色の目で、おれのことをじっと見つめていた。

紫色の、目？

「誰？」

もう一度問いかける。

「ワシだ。黒鉄だ」

返ってきた答えは、衝撃的なものだった。

「は？」

男は口の端を引いてニヤリと笑う。その口元に、小さな糸切り歯が光った。

「そんなにワシのことが心配だったのか。こんな処《ところ》に来てしまうほど」

「は？　な、なに？　誰だよ、あんた」

男は音もなく足を踏み出すと、おれに向かって歩み寄ってきた。おれは気圧《けお》されるように後退《あとずさ》る。

「言うておろう。黒鉄だ。お前と生まれた時から一緒に暮らす、死んだ紗夜子《さよこ》の飼っていた黒鉄だ」

紗夜子というのは母さんの名前だ。頭の端がカッと熱くなる。

「ふざけんな！」

後退していた足を止め、目の前の男を押し退《の》けようと手を伸ばした。しかしその手は空を切る。

「あ、あれ？」

「なにをしておる」

愉快そうな声に、慌てて振り返る。男はいつの間にか、おれの背後に回っていた。目くらましでも受けた気分だ。

「葵、いかにしてここに来たかは知らぬが、今すぐ戻るのだ。ここにいてはいけない」

男が袖の中で腕を組む。その顔には先ほどの厭《いや》な笑みはすでにない。

「うるさい！　それよりもさっきの、取り消せよ！」

「なにをだ？」

「お前が黒鉄だっていう、おかしな嘘を取り消せ！」

力いっぱい怒鳴りつけると、一瞬男は面食らった表情をして黙ったが、それからすぐに眉《まゆ》を顰《ひそ》め、悲しそうな顔になった。

「分からぬやつめ」

声とともに、フワリと目の前を黒い幕が覆った。

男の着物の袖だ。

気づいたと同時に、首の後ろを鈍い痛みが――


「よかったので？」

「仕方ないだろう」

「しかし、どうやってここに？」

「結界は張ってあったか？」

「もちろん」

「黒鉄殿」

「人間如《ごと》きにこのように好きにさせては」

「そう。威厳に関《かか》わりましょう」

「言うな。今夜はここまでだ。皆、引き続き警戒を怠るなよ」

「……承知しました」


——あたま、いたい……


「う……ん」

気がつくと、自分の部屋の天井を見上げていた。

カーテンの隙間から日の光が差し込んでいる。枕元のケータイを手探って、時間を確認しようと……

「起きたか」

話しかけられて硬直する。目をやると、知らない男が布団の横に座っていた。いや、知らない、じゃない。黒い髪に黒い着物。あのおかしな男だ。

「なんでいるんだよ！」

上半身を起こすと、頭がグワンと揺れた。腕に力が入らず、そのまま後ろに倒れ込んだのを、男の腕が支えた。

「大声を出すな。まだ気分が悪かろう」

「触る……な」

どうやら貧血らしい。グラグラ揺れる頭を、男がそっと枕に乗せた。しばらく静かに寝ていろ」

「当て身を受けただけでなく、淵《ふち》の向こう側の空気を吸ったのだ。しばらく静かに寝ていろ」

なんの……向こう側だって？　吐き気を抑えて寝返り、男に背を向ける。

「お前、誰だよ」

声を絞り出して訊《き》いた。どうしてここにいるんだ。そして、どうしてそんなに、――懐かしいんだ。

「ワシは黒鉄だ」

「ふざけるな」

「ふざけてなどいない」

男の声は至極真面目に聞こえる。しかし真面目な分だけ、馬鹿にされているように聞こえた。

「嘘ではない。ワシの名は、紗夜子がつけたのだ」

「ふざけるなっ……」

おれは目眩《めまい》の収まらない身体を起こし、枕を摑《つか》んで男に向かって投げつけた。男はそれを、はじめから分かっていたように受け止める。

「なんなんだよ、お前。黒鉄どこだよ。なんで母さんのことまで口に出すんだよ！　やめろよ！」

目尻《めじり》に涙が浮かぶのが分かる。嫌なことばかりだ。浩隆を傷つけたり、黒鉄がいなくなったり、変な男に母さんの名前を出されたり。

どうしてこんなに嫌なことばっかり起こるんだ。

「葵」

「おれの名前を気安く呼ぶな！」

男の声を遮って怒鳴る。その拍子に、何度目かの目眩がして、身体の力が抜けた。前のめりに倒れ込んだおれの身体を、大きな腕が抱きかかえる。

「馬鹿め。静かにしておれと言うのに」

うるさい。触るな。出ていけ。黒鉄を、黒鉄を返せ。

「ワシが黒鉄なのだ。葵よ。お前の黒鉄だ」

違う。おれの黒鉄は……

「……葵、もう少し眠れ」

声とともに、唇に温かい感触が触れた。そのまま、おれの意識はもう一度沈んでいった。

「尾崎」

賑やかな教室の出口で、石黒教諭が声を上げた。クラスメイトと弁当を開けようとしていた浩隆は、いつもの軽い足取りで石黒の前に向かう。

「はいっす」

浩隆が敬礼の真似事《まねごと》をすると、ドアにもたれた姿勢で石黒は切り出した。

「お前さ、舟戸からなんか聞いてる？」

「え」

思いもよらない名前に、浩隆は虚を突かれてギクリとした。違う、思いもよらなかったのではなく、考えないようにしていたのだ。

「いや、今日あいつ無断で欠席してるだろ？　電話しても出ないんだわ」

そういえば、確かに朝から葵の姿は見えない。しかし浩隆はそれを極力気にしないようにしていた。

「いや、別になにも……」

そして今になって、気にしなかったことに後悔を感じた。

でも、もう放っておいてほしいと言ったのは、葵なのだ。

「そうか……具合悪くて寝てるのかもしれないな」

石黒は口元に手をあてがい、しばらく考えていたが、そのうちパッと顔を上げた。

「うん。分かった。放課後にでも様子見に行くわ。メシ時に悪かったな」

「あ、いえ……」

手に持ったファイルをヒラヒラさせて去っていく石黒の姿を見送り、浩隆は席に戻った。

「なんて？」

隣で食べ始めていたクラスメイトが訊いた。

「いや、葵が来てないから知らないかって」

「あー」

「そういえば、来てないな」

浩隆の後ろの席からも声が混じった。

「おれさ、実を言うと舟戸って苦手」

「なんで？」

弁当のフタを開けようとした浩隆の手が止まる。話は隣と後ろで展開されている。

「いいやつじゃん」

「いいやつかもしんないけどさ、ちょっと最近、あいつ扱いづらすぎ」

後ろの席はパンを齧《かじ》りながら、堪《たま》りかねたとでも言いたげな声で続けた。

「親死んで、大変なのは分かるよ。親戚頼れないかなんか知らんけど、なんというか、それでも頑張って学校来てるおれカワイソウっていう空気がどうもね」

「あー……まあ、多少はね……」

隣の席が苦々しく同意した。

「尾崎なんかも、完全に甘えられてるじゃん」

「え、……なにが？」

辛うじて問い返す。

「尾崎と舟戸って、付き合い長いんだろ？　尾崎にだけやたら冷たいっていうか、なんかツンケンしてるの、見てて分かるもんな」

「あー、それは分かるわ。うん。うちの兄貴が機嫌悪い時って、おれがむっちゃ八つ当りされるんだよね。それに似てる」

とうとう隣が強く肯定してしまう。

「そんなこと」

「いや、たまには怒ったほうがいいよ。健全な友情は平等な立場からだぜ」

後ろの席が、浩隆の言葉を遮った。

「ていうか、そんなにしんどいんなら、言えばいいんだよ。先生になり友達になりさ。黙ってるクセに、耐えてますっていうポーズはこっちがしんどくなるよ」

言えないのだ。

ガタンッと、椅子が音を立てた。

「おれ、早退する」

「え？」

「先生に言っといて。腹痛いから帰る」

「お、おい？」

なにか言いかけたふたりを無視し、浩隆は無造作に弁当を包み直してカバンに詰めると、取るものもとりあえず教室を飛び出した。取り残されたふたりが、不思議そうにその背中を見送った。

「おれって、ほんっと馬鹿」

自分の不甲斐《ふがい》なさに腹が立ってくる。廊下を駆けながら、浩隆は自分の頭を拳で殴った。

いじめられても誰にも言わなかった葵。人の前では泣かなかった葵。辛いとか痛いとか言えないでいて、そのうち反撃したり、逃げたりできるようになって、ようやくこう言ったのだ。

『あー、面倒くさかった』

それを言う時には、もう笑っているから気づかないのだ。でもそれを言えるようになるまで、葵がどれだけ泣いたのか。

『浩隆、一緒に帰ろう』

腕や脛《すね》に絆創膏をいっぱい貼って、海沿いの道を、背筋を伸ばして歩いていた小さな葵を、浩隆はずっと見ていたのに。

「あいつ、ほんっと意地っ張りだわ」

自分が気づかないでどうするというのだ。

昼休みの校舎を駐輪場目指して走りながら、浩隆は懐かしいような切ないような気持ちで、少しだけ笑った。


「黒鉄殿、昨夜の騒ぎは一体どういうことだ」

シロツメクサが埋め尽くす広場には、明かりのない古びた電話ボックスが一基、ポツンと佇《たたず》んでいる。その横で輪になっているのは、いずれも尻尾が二股《ふたまた》に分かれた猫たちだ。

「飼い主の世話もできないで、元締めの責務が果たせるのか」

一匹の薄い虎縞《とらじま》の猫が、真っ黒い猫に食ってかかっている。黒猫はそれに動じることなく、姿勢よく座った前足に自分の尻尾を巻きつかせた。

「果たすも果たさぬも、ワシは以前から元締めなどしたくないと、あれほど言うてあったではないか」

黒猫の紫苑《しおん》の目がキュウッと細まった。それを見て虎猫は一瞬たじろいだが、すぐに気を取り直して、吐き捨てるように返す。

「フン。さすがは出戻り。一にも二にも自分勝手だ」

黒猫は動じない。尻尾の先が、パタリと地面を打つ。

「猫岳から帰ったのはあなたの勝手だ。しかしな、淵のこちら側は数少ない集会所。守らねばならん秘密だ。それをみすみす下衆《げす》な人間などに侵されて、黙っていられる神経が疑わしい」

「ワシの過失には違いないが、お主に疑われたところで痛くも痒《かゆ》くもない」

目の前をうろうろと歩き回る虎猫にそう言い渡し、黒猫は紫苑の瞳《ひとみ》を大きく見開いた。

「そもそも人間がこちら側に来たところで、害を受けるのは人間のほうであって、この場所はなくなりもしなければ、汚れることもないではないか」

その声に反応するように、山から吹き下ろす風が、猫たちの足元の花を揺らした。二匹を見守っていた猫たちがそれぞれに風の来たほうを見やった。虎猫が怖気《おじけ》づいたように、一歩後退する。尻尾が腹のほうへ回っていた。

「し、しかし……」

「〝黄桜《きざくら》〟殿よ」

黒猫が、ゆっくりとその名を呼んだ。ザワリと、下生えの草が不穏に揺れる。周囲を取り囲んでいた猫の数匹が、雰囲気を察して飛び起きた。

「ワシはなんと言われても構わん。出戻りであろうと、出来損ないであろうと、好きに呼ぶがいい。だがな、葵のことを下衆だと言うのなら――」

ビリビリと帯電した空気が、黒猫を中心にして広場を取り巻く。どこからか吹く不気味な風が、電話ボックスのガラスをギシギシと鳴らした。

黒猫の紫色をした瞳が、凶悪な光を湛《たた》えて虎猫の姿を捕らえる。黄桜と喚《よ》ばれた虎猫は、その視線から目を逸らすこともできず、伏せた姿勢で硬直し、その顔は恐怖に引き攣《つ》っている。

「黒鉄殿っ！」

輪の中の一匹が声を上げた。その瞬間、場を取り囲んでいた金縛りが解け、虎猫は蜘蛛《くも》の巣から抜け出したように身体の自由を取り戻した。

「呵責《かしゃく》はその程度でよいでしょう」

仲裁に入ったのは、輪の中でも一際年寄りに見える白い猫だった。

「すまぬ。ついな」

黒猫は片頬を吊《つ》り上げて笑う。

「黄桜殿も、お気持ちはよく分かる。だが、言葉が過ぎれば、亀裂が生まれる」

腰を抜かしたように座り込んだ虎猫は、白猫の言葉に力なく頷く。そしてそれ以上は、もうなにも言わなかった。

外は天気が良い。

ほんの少しだけ開けてあるカーテンの隙間から、昼間の暖かい光と、庭に来た鳥の声が部屋の中にも届く。

ずいぶん長く眠っていた気がする。ゆっくりと目を覚ますと、額に冷たい感触がある。重たい腕を上げて触れてみると、それは濡れた手拭いだった。

こんなこと、母さんが死んでからしてもらったことないや。

「冷たくて……気持ちい……」

そこでおれははたと気づく。そうだ、この家でそんなことをしてくれる誰かなんかいやしないのだ。

「まさか」

まだグラグラと気持ちの悪い揺れを繰り返す頭を起こして、枕の横を見る。そこにはひとり用の小さな土鍋《どなべ》とレンゲが、トレーに載せられて置いてあった。

「まだ、変な夢、見てるのか……？」

まだ温かさを残す土鍋のフタを取ると、たまごと玉ねぎとシラスのお粥《かゆ》が入っていた。

「嘘だろ……」

俯いていた目頭に、涙が溜まっていく。それはあっという間に雫《しずく》になって、あえなく土鍋の中に落下した。

「母さんの……」

おかゆに玉ねぎなんて入れないでよ！

栄養があるんだから、文句言わないで食べなさい。

くろがねは食べてないよ。

猫は玉ねぎ食べられないの。

「ちぇっ」

舌打ちした途端に、また涙が土鍋の中に入りそうになるのを、危うくフタで防いだ。

信じるかどうかはまだ分からない。だって、おれの黒鉄は猫なのだ。でもともかくこの懐かしい食べ物を前に、腹の虫が黙っているわけはなかった。

パジャマの袖で顔を拭い、レンゲを取り上げたところで、インターホンが鳴った。


「黒鉄殿」

「なにか」

黒猫は再び穏やかな様子で座り、長い尻尾を前足に絡ませていた。

「問題は淵のことだけではないはずです。街を徘徊《はいかい》する放火魔のこともある」

白猫の言葉に、周りの猫たちが口々に、そうだ、そのことだ、と同意する。

「猫どもの目を逃れられる人間がおるとは思えませんが、事実、放火魔は未だ我々にすら見つけられていない。街を焼かれることは人間だけの損害ではない。街に住む猫どもにも死活問題なのです」

横から別の猫が発言した。

「実際、並の猫で、逃げ遅れて死んだ者も出ている」

「我々とて、このまま黙って見ているわけにはいきますまい」

老いた白猫の言葉に応えるでもなく、黒猫は黙って何事か考えているようだった。

「並の猫を含めた者たち皆で、夜回りを再開しよう」

「しかし先般、それではまったく成果は上がらなかった」

「そうは言っても、なにもしないでいては、おちおち眠ってもいられない」

動かない黒猫に苛立った周囲の猫たちが、喧々諤々《けんけんがくがく》と声を上げ始めた。

「ひとの世界で猫にできることなど、多くはないぞ」

「では、いやらしい放火魔が跋扈《ばっこ》するのを、みすみす黙って見ていろというのか」

「そうではない」

そこまで聞いて、黒猫がようやく言葉を発した。

「皆……」

「大変だ！」

その時、林の中を駆けてきた一匹の猫が、黒猫の言葉を遮って叫んだ。

「黒鉄殿！　黒鉄殿の屋敷が！」

「……！」

猫たちが一斉に黒猫を見た。しかしすでに走り出した黒猫は、皆の視線が集まる前に林の中に走り込んでいた。


浩隆が海沿いの道を自転車で飛ばしていると、目的の方向に黒い煙が上がっているのが見えた。

「なんだ……あれ？」

通り沿いの家やコンビニから出てきたひとが、不安そうに煙のほうを見ていた。

「おいおい、そんな、まさかだよな？」

浩隆は腰を上げて、ペダルを強く踏み込んだ。嫌な予感が、黒煙そのもののように胸に渦巻いていた。


「舟戸さんの家だよ」

「え、あそこって、親御さん亡くなって子供だけでしょ?」

「今の時間は学校だと思うけど」

「消防車呼んだの?」

黒いダウンジャケットを着た男は、人垣の奥から煙を上げる旧い日本家屋を見上げていた。口元は下がり、一見無表情だが、メガネの奥の目が爛々《らんらん》と輝いている。

火よ。早く、早く、噴き上がれ。強く、うんと大きく。

突然、男の心の声に呼応するように、通りに面した窓ガラスが音を立てて割れ、朱色をした炎が噴き上がった。

「きゃあ!」

「危ない、下がれ!」

人垣が、蜘蛛の子を散らすように割れた。その真ん中に立って、男は微動だにせず、酸素を得て逆巻く炎を見つめていた。

すごい。すごい。すごい。

それはまるで、新しい玩具《おもちゃ》を見る子供の目だ。

木と紙と土でできた家屋を、炎はみるみるうちに蹂躙《じゅうりん》していく。

炎を見つめる男のことを、遠く、雑木林の中から白い猫が見つめていた。

「ゲホッ」

まずいな。

部屋の天井付近には黒く熱を帯びた煙がわだかまっていて、とても立ち上がることなどできない。部屋のすみに蹲《うずくま》り、おれは頭痛と目眩に必死で耐えていた。

さっきのインターホンって、多分、住人の所在を確かめるとかいうやつだ。空き巣とかが使う手だ。

煙で目が開かない。喉も痛い。どっかで、バキバキいう音がする。旧い家だもんなぁ。火なんか点いたら一発だよ。

パジャマの膝を抱えて、おれはどちらかというと冷静だった。

こういう終わり方もいいかもしれない。だって、このままひとりで生きてて、どうなるっていうんだろう。黒鉄は結局帰ってこなかった。浩隆にはひどいこと言っちゃったし。

バリンッと、どこかでまたなにか壊れる音がした。

死にたいわけじゃないけど、生きていくのは十分に苦痛に思う。だから、このままここで焼け死んでも構わないような気がした。

背中が熱い。霞《かす》んだ目で天井を見ると、部屋の入口から侵入してくるオレンジ色が見えた。

「葵っ！」

突然、大声で名前を呼ばれてビクンと肩が震えた。

もう誰も、そんなふうに呼んでくれるひとなんていないはずなのに。

「なにをしておる！　さっさと逃げぬか！」

黒鉄だった。猫の、おれの、大事な黒鉄がそこにいた。

「くろ、っ……ゲホッ、ゲホッ」

「早く立て！　逃げねば死ぬぞ！」

「黒鉄、……喋ってる」

おれは膝を抱えたままの姿勢で、呆然とその姿を見つめた。必死な形相、まるではじめて風呂に入れられて、ドライヤーで乾かされた時みたいな顔だ。

なんだかやたら可笑しくて、おれは膝に顔を埋《うず》めたままクツクツ笑った。

「なにを、笑っている？」

不審そうな声だ。

「だって、黒鉄……本当に喋ってるんだもん」

肩が揺れる。笑うと煙を吸い込んで苦しい。笑いながら咳《せき》をするおれを、黒鉄は不思議そうに見つめて動かない。

「……いけよ」

おれは黒鉄のほうを見ないまま、放り投げるように言った。

「なんと？」

意味が分からないというふうに聞き返す黒鉄。

「もう行けって言ってるんだよ。お前、なんかよく分かんないけど、普通の猫じゃないんだろ？　だったらおれいなくても平気じゃないか」

そうだ。黒鉄は老いさらばえた飼い猫なんかじゃなかった。元気に立って歩いて、しかも人間の言葉まで喋れるときたもんだ。どこに、おれが必死になって助けてやる必要があるんだよ。

「葵、……立て」

「いいから行けよ」

声の位置が高くなった。多分、あの変な男の姿になってるんだ。

「もうお前がどんな姿になっても驚かないし、どうでもいい。おれ、もうなにもかもどうでもいいんだ」

ちょうどその時、部屋の天井が一部、燃えながら崩れ落ちてきた。火の粉と破片が飛んで、おれはそれを避けもしないで一層強く膝を抱え込んだ。

「早く行かないと、お前まで焼け死ぬぞ」

「……立て」

男はなおも言い募る。

「うるさい。おれに命令するな」

すると、突然大きな手がおれの手首を摑み上げて、力いっぱい引き起こした。あまりの力に驚いて目を剝くと、思った通りあの変な男がおれの手を摑んでいた。でもひとつだけ予想外だったのは、その顔がどう見ても本気で怒っていたことだ。

「なにもかも、どうでもいいだと……？」

変な男が、低い声で訊《たず》ねた。おれは圧倒されたまま、男の顔を見上げる。

「それならばよく聞け、葵。ワシもここでお前と一緒に死のう」

「……は？」

思いがけない言葉に、おれは半笑いで言い返す。

「なに、意味わかんないこと……」

「お前が！　お前が死んで、ワシが生きていけると思うのか!?」

おれの言葉を遮って、変な男はおれの腕を強く揺らして怒鳴る。その声があんまり真剣で、悲しそうで、おれは腕の痛みも忘れて男の顔を凝視した。

「またワシは大切な者を失うのか？　紗夜子と、毅《つよし》に続いて、お前まで失えというのか？」

「それ……は」

　変な男の、紫色の目が潤んでいる。それが煙のせいなのか、そうでないのかは、おれには分からない。でも、変な男が口にした名前は、おれの母さんと父さんの名前だ。

「おれ……」

「ワシは化け猫だ。お前の親よりもずっと長く生きている。しかしな、ワシが化け猫だろうとなんだろうと、……葵、お前とともに生きてきた時間は本当なのだ」

　ピシリと、胸に亀裂が入った音がした。

　変な男は掴んだおれの手を自分の額にあてて、まるで祈るように呟いた。

「葵……ワシに生きろというならば、頼む……」

　消え入りそうな声と、見慣れた瞳の紫色が——

「ワシのために生きてくれ」

　——震えるおれの胸に、ストンと、音を立てて落ちてきた。

「黒鉄……っ」

　部屋の天井が、大きな音を立てて崩れ落ちる。それと同時に、名前を呼んだおれの口を、黒鉄の唇が塞いだ。


〈速報〉

昨年末からK県で連続していた不審火事件の容疑者が、県警によって逮捕されました。現場はK県K市で、火災現場で不審な行動を取っていた容疑者が消防によって目撃され、現場に居合わせた警官に確保されたものです。犯人は容疑を全面的に認めており「火が燃える様子が見たかった」と供述しているとのことです。

この件について県警は……

「よかったな、葵。火事大したことなくて」

学校帰り、コンビニで買ったアイスクリームを開けながら、浩隆が言う。

「んー？　……そうだなぁ」

おれはカップアイスにスプーンを突き刺しながら、あえて上の空な返事をした。

「いやー。あれはもう、さすがにダメかと思ったよなー」

浩隆の声はしみじみとしていて、いかにもおれの無事を喜んでくれているように聞こえる。おれはその心遣いというか、浩隆の友情に心から感謝しつつ、なんというか、正直に喜べないモヤモヤを感じていた。

——あの時、実際におれは死にかけたし、おれの家は焼け落ちる寸前だった。なにせすごい火だったのだ。

しかし気がつけば、おれは煤《すす》だらけの真っ黒けで、家の裏庭、ツツジの生垣のあたりに倒れており、家の火はほとんど消えてしまっていた。

消防士のおじさんが言うには、消防が来てみれば、盛大に上がっていたのは煙だけで、不思議なことに火の手はほとんど上がっていなかったそうだ。一部の外壁（放火犯が火のついた新聞紙を投げ込んだあたり）が焦げただけで、おれが見た、崩れたはずの天井も窓も、まったくの無傷だった。それはもう、奇跡としか言いようのない様子だったらしい。

『どういうことだよ？』

『なにがだ？』

煙の臭《にお》いがかすかに残るだけの居間に向かい合わせで座り、おれは変な男……人間の姿をした黒鉄に詰め寄った。黒鉄はのほほんとお茶を啜りながら、

『家が焼けてしまってはワシも困るのでな。ちょっとだけ手を使わせてもらったのだ』

『手って、なんだよ』

『そんなもの、この際どうでもよかろう』

黒鉄は見慣れない顔でニヤリと笑う。

『よくない！』

おれは淹《い》れてもらったお茶に手もつけずに言い募る。

『なにがどうよくないのだ？』

『なにがって……。だって、あのな……』

『ワシはお前を守ったのだし、お前とワシの住まう家も守った。そしてこの姿をほかの誰にも見られてはいない』

たしかに、おれが裏庭で意識を取り戻した時、同じように煤だらけの姿で猫の黒鉄は消防隊員に保護されたのだ。変な男の姿は、おれ以外の誰も見ていなかった。

『……じゃあ、どうしてその格好のままなんだよ』

黒い着流し、黒い長髪。今、その頭には三角の黒い耳がチョコンと生えて、おれの言葉にいちいち反応していた。しかも男の腰からは尻尾まで生えているのだ。

『お前にはもうこの姿を見られておる。問題はなかろう？』

今までの年寄り猫の姿は、おれの目を誤魔化《ごまか》すための演技だったという。冗談じゃない。

どれだけ心配したと思ってやがる。

『ある！　おれの黒鉄は可愛《かわい》い黒猫なんだよ！』

『ワシはただの猫ではない。化け猫だ』

『だから……っ』

『ワシはもう、化け猫の流儀でお前のことを守ると決めたのだ』

『ま、まも……っ』

『葵、安心しろ。ワシがお前を守ってやるぞ』

『ぎゃぁっ！　その姿でスリスリすんなっ！』

「……葵、葵ってば」

「え、あ、なに？」

ソーダバーを齧る浩隆が、おれのことを覗き込んでいた。

「またボーっとしてるぜ？」

「あ、うん。なんでもない」

溶けかかったカップアイスの続きに取りかかりながら、おれは浩隆に続いてコンビニの敷地外に向かって歩き出した。

「なによりさー、葵が元気になってよかったよ」

「うん」

おれの先を、自転車を押しながら歩く浩隆。

「あのさ、浩隆」

「んー？」

「こないだは、ごめん……」

「なにが？」

ソーダバーをボリボリいわせながら、ヘラリと、いつもの顔が振り返る。

「おれ、ひどいこと言っただろ」

「あー、なんかあった気がするけど、忘れちまったわ。おれ、馬鹿だから」

なんでもないふうに、あっけらかんと言う。

「でも……」

納得がいかないおれが続きを言おうとした時、浩隆が素《す》っ頓狂《とんきょう》な声を上げて立ち止まった。

「おおおお！　当たりきたーー!!」

「へ？」

「ソーダバー当たったのって、小学生以来なんだけど！　うわ、めっちゃ嬉しい」

大声で歓声を上げながら、浩隆は当たりと焼印の捺《お》された棒をおれに見せつけた。

「この前も、葵といた時だったんだぜ。やっぱりおれ、葵といるとなんかイイことあるんだよな」

そう言って、浩隆は棒を口に咥《くわ》えたまま再び歩き出した。

「だからさー、葵も細かいことは気にすんな」

それが、浩隆なりの、最上級の励ましなんだと、そこまで言われてようやく気づく。

「……うん」

嬉しくなって、おれは足を速めると浩隆の隣に並んだ。

「おれも今度はソーダバー買ってみようかな」

「お、いいね。そしたらふたりで当たりが出るかもよ」

自然とスキップになって、自分でも笑えてしまう。堤防の向こうは、長閑《のどか》に凪《な》いだ春の海だ。

「あのさー」

「なに？」

「今日、久しぶりに浩隆んち、行っていい？」

振り返ってその顔を見ながら言ったおれに、一瞬遅れて浩隆が嬉しそうに頷いた。

第二話　猫一匹、一匹ほどのあたたかさ

　居間の掃き出し窓を開けておくと、外から入る風が心なしか焦げ臭い。焼け焦げて湿った木が放つものだ。つい先日あったボヤの消火あとから漂ってきている。

　こういった臭《にお》いは少なからずひとを不安にさせるが、それ以外はいつもの日常だ。晴れていて、春の陽気はポカポカで、スズメが庭に遊びに来ている。焼けた外壁も、来週には修繕してもらうことになっていた。

　平和な庭が見渡せる部屋で、卓袱台《ちゃぶだい》の上にお茶道具が一式と、座布団の上に黒い猫が一匹。

「結局、黒鉄《くろがね》ってなんなの？」

　おれは黒い猫に向かって話しかけた。淹《い》れたばかりのお茶を、湯呑《ゆの》みから啜《すす》りながら。

　もちろん普通の猫は人間と会話なんかしない。せいぜい合いの手のように、ニャーと返事をする程度だ。しかし、おれの目の前にいる黒猫は小さな頭を反らせて、おもむろに話し始める。

「なんなの、とは？」

張りのある男の声だ。どうやって喋《しゃべ》っているのか、口元はほとんど動かない。けれどもその目は雄弁で、問い返す言葉以上に問いかけている。

「いや、だから……」

つい目を奪われてしまう不思議な光景。あまりに当たり前のように喋るこの小さな生き物を前にして、おれはすっかりしどろもどろだ。まるで、おれの質問のほうが非常識なのではと思えてしまう。

「ワシは化け猫だ」

よく見知った紫色の虹彩《こうさい》をスゥッと細め、黒猫は簡潔に答えた。

「そんな、サラリと言われましても」

やっぱり、理解が追いつかないおれが異常なのかな？

こいつは、おれの家で長年家族として暮らしてきた飼い猫で、名前を黒鉄という。体長は約四十五センチ、耳が大きく、日本猫らしい鼻筋の通った顔立ち。真っ黒いツヤツヤの毛並み、ピンと張ったひげ、長くてまっすぐな尻尾《しっぽ》と一風変わった濃い紫色の目が特徴だ。そして、今年十七歳になるおれよりも遙《はる》かに長い年月を生きていて、日本語で会話し、人間の姿に化けることができる。……らしい。

「サラリもサラシもない。ワシは妖怪で、並の猫とは違うものだ」

並とか並じゃないとか、猫にもランクがあるとは驚きだ。大盛りとか特上とかもあるのかな。

「その……ヨーカイとかユーレイが本当に存在するってことが、おれにはそもそもまず信じられてないというか」

物心ついてから今日まで、節分の鬼やサンタクロースはもとより、心霊写真や心霊スポットも信じていなかった。おれのそんな疑り深い態度に、化け猫の黒鉄は、語気を強めて反論する。

「妖怪と幽霊は別のものだ」

その尻尾の先がパタンと座布団を叩《たた》く。

「胡散臭《うさんくさ》いのは同じだよ」

だって、おれはどっちも見たことないもの。

「では、ワシのことも信じられないと?」

「う、……んーと……」

信じていなかったし、今でも信じられない。夢だからほっぺを抓《つね》ってごらんと言われたら、迷うことなく実行する程度には。けれどそのヨーカイとやらは、今現実にそこにいておれに話しかけている。

この困惑をなんと言って伝えていいか分からず、もっとも困惑の原因に説明を求めるというのもどうなのか、というより本当に夢じゃないよね？　おれ、幻覚見てるわけじゃないよね？　と、未《いま》だに半信半疑でいるおれを見て、黒鉄は短く息を吐いた。

「そうだのう。昔と違って、人間たちはワシらのことを知らんのが当たり前だからのう」

わずかな譲歩を受けて、おれはようやく言葉を継ぐ。

「昔のひとが知ってたのだって、おとぎ話にかわりはないだろ？」

そうだ。アンデルセンやグリムと同じで、化け猫なんておとぎ話だ。元々あった話に尾ひれがついて、いつの間にか大げさなファンタジーになって現代に残っている。

「おとぎ話だと思っておるのは人間たちの勝手だ。だがワシはこうして、ここにおるではないか」

「わっ！」

黒鉄がそんなおれの思考を笑い飛ばした直後、ポンッと煙が湧《わ》いて、その姿が掻《か》き消えた。煙はすぐに晴れ、黒鉄のいた位置に今度は男が座っている。

「本当に……人間に化けるんだな……」

煙から身を庇《かば》うように顔の前に腕を出していたのを、ソロソロと下ろす。黒い猫の姿はどこにもなくなっている。男はおれの驚きようが面白いのか、紫の目を細め、口の端を上げてニヤリと笑った。

黒い無地の着物を着ており、座布団の上で胡坐《あぐら》を組んでいる。片方の肘《ひじ》を卓袱台に置いて、軽く拳《こぶし》にした手に顔を乗せ、こっちを見ている。その瞳《ひとみ》の色は黒鉄のそれとまったく同じ色をしていた。

すっきりした切れ長の目と、意志の強そうな眉《まゆ》、まっすぐ通った鼻筋。長くてツヤツヤの黒髪が傾いたほうの肩口からサラリとこぼれている。その容姿は男のおれが見ても綺《き》麗《れい》に整っていて、いわゆる涼しげな男前というやつだ。

本当によくできた手品のようだ。実は仕掛けがあって、煙で目くらましを受けている間に、こう、ひっくり返った畳の下から出てきた男と黒鉄が入れ替わっているんじゃないだろうか。

自分でも往生際が悪いとは思うが、どうしても信じられず、おれは男の座っている畳の端をペシペシ叩いてみる。

「なにをしておる?」

男……黒鉄が、不思議そうに訊《き》く。おれはハッとして手を引っこめた。

「い、いや」

小学生か、おれは。

「ふむ。ここしばらくは化けておらなんだのでな、心なし覚束《おぼつか》ないのう」

黒鉄は頭を支えているのとは逆の手を、自分の顔の前で握って開いてと何度か繰り返す。グッと力を入れてから手の平を開いた時、五本の指の先には鋭く長い爪《つめ》が並んでいた。そして、それと同時に黒髪の間を割って、三角形の猫耳がピョコンと飛び出す。

「わぁー……」

さらにトドメのように、その背後に黒くて長い尻尾が揺れるのが見えた。

漫画だ、漫画。

思わず声を漏らすと、黒鉄はこっちを見てまたもニヤリと笑った。猫耳と尻尾は、こっちの声や動きに反応してピクリと動く。猫耳の中のホワホワの毛が余さず全部黒いのも、ユラユラ揺れている尻尾の艶《つや》やかな毛並みも、たしかに長年見慣れたそれと同じだ。つい手を伸ばして撫《な》でたくなってしまう。

「いい加減、信用する気になったか？」

「う、うん……ここまで見せられたら、そりゃあ……」

これが夢でない限りは信じるしかないだろう。夢じゃないという確証は未だにないが。

答えを聞いて、黒鉄は嬉《うれ》しそうに笑う。おれの反応を面白がって笑った時の意地悪そうな表情とは違って、それは本当にフワリと綻《ほころ》ぶような、安心したようにも見える笑顔だった。

顔が綺麗だと、笑い顔はもっとうんと綺麗なんだな。

「あ」

「うん？」

ついつい見惚《みと》れたが、その顔を見ていておかしなことに気がついた。

「お前、どうしてそんなに元気なんだよ？　大体、おかしいだろ？　なんでそんなに若いわけ？　こないだまでは、今にも死にそうな年寄りだったじゃないか」

黒鉄はかかりつけの獣医お墨付きの老猫だった。これといった病気はしていなかったが、骨にも臓器にもすっかりガタがきていて、狩りも猫同士の喧嘩《けんか》もしなくなり、一日の大半をじっと眠って過ごしていた。餌《えさ》だって、そばでおれが一緒に食事していないと、食べられないほどヨボヨボになっていたはずだ。

男前な顔に人差し指を突きつけて、それらのことを問い詰める。黒鉄は鼻先にピシッと向けられた指を見て、ちょっとだけ寄り目になってから、しれっとした顔で答えた。

「そんなもの、芝居だ」

「しっ⁉」

我知らず声がひっくり返る。

「お前とは長く暮らしておったからな。いつまでも若いままの様子では、怪しまれてしまう。多少はジジイを装っておかねばのう」

またも口元を歪《ゆが》めて皮肉っぽく笑い、袖の中で腕を組むと、黒鉄はわざとらしく神妙な顔で頷《うなず》いてみせた。

なんだ、それ。

「じゃあ……それじゃあ、おれがいない時にメシも食えないくらい弱ってたのって」

そうだ。だからおれは毎日なにをおいても早く帰ってきて、黒鉄のそばで食卓についていたのだ。

「芝居だ」

黒鉄はおれが言い終わるのを待たずに同じ言葉を繰り返す。まるで聞き分けのない子供に言い含めるような口調だ。

「な、なんだよ、それ……」

黒鉄が妖怪だったとか、人間になれるとか言われた時よりも衝撃は大きかった。

だって、すごく心配していたのだ。今にも死んでしまうんじゃないかと不安で、とても怖かった。父さんと母さんが死んで、その上黒鉄までいなくなってしまったら……そう思うと、とても辛《つら》かった。その気持ちを知らなかったわけでもなかろうに（ことあるごとに、長生きしろよと話しかけたりしていたのだから）。

おれはすっかり裏切られた気分になってしまう。妖怪というぐらいだから、やっぱり思いやりの心なんかは、もうとっくにないのかもしれない。

おれのそんな不信感丸出しの顔を見ることもなく、黒鉄は続けた。

「葵《あおい》がメシを食うまで、ワシもメシを食わない。そうすればお前は、必ず食うであろう？」

……え？

「なに、それ？　それって、どういう……」

意味が分からない。

閉じていた瞼《まぶた》が開いて、意志的な眼差《まなざ》しがおれを射た。その澄んだ紫色は、昔から変わらない優しさと知性を秘めている。ドキリと胸が跳ねて、咄嗟《とっさ》におれは乗り出していた上半身を退く。

「そのままの意味だ」

そのまま？　おれが食事するまで自分もなにも食べない？　心配したおれがそれに気づいて、黒鉄が健康でいるためなら、どんなに億劫《おっくう》でも自分の食事を怠らないようになるのを見越して、そういうことをしていたって？

「正体を明かさずにできることは、知れておるのでな。それでも死にかけの年寄りのフリを続けるのは、骨が折れたぞ」

わざとらしくため息し、着物の中に腕を入れて自分の肩を揉《も》む姿は、おれの不信や混乱なんかこれっぽっちも気にしていないようだ。

「なんで、……そんなこと」

そうだ。わざわざどうしてそんなことをする必要があったんだ。

「なぜ？　では、お前はなぜ老いさらばえて手のかかるワシのことを、わざわざ世話していたのだ？」

黒鉄は些《いささ》かも不思議そうに見えない、すべてを見透かしたような表情で、首だけを傾《かし》げてみせる。

「それは、少しでも黒鉄に長生きしてほしくて――」

少しでも長く黒鉄と一緒にいたかったから。大切な家族と。

「……のう？　葵」

黒鉄は、それと一緒だと言うのだ。目の前で意地悪く、どこか懐かしくて見覚えあるような気がする表情で、微笑《ほほえ》んでいる男は。

おれは知らず知らずのうちに片手で自分の顔を押さえた。どういうわけか、どんどん熱を持っていく顔を。

「赤くなっておるのか？　葵」

茶化す言葉に含んだ笑い。覗《のぞ》き込む瞳の紫。いたずらが成功した子供みたいな。

「……なってないよ」

悔しいのに笑えてくるのはなんでだ。おれは両手を使って、すっぽり自分の顔を覆った。嬉しいと思ってしまったのがばれないように。

「ほほぉ」

愉快そうに息を吐いて、黒鉄は立ち上がろうと片方の膝《ひざ》を立てる。それだけでも少し距離が縮まって、おれは慌てて両手を前に突き出した。

「ちょ、ちょっと待った」

「なんだ？」

怪訝《けげん》な表情とともに、黒髪の上の猫耳が動く。

突き出した手を片方だけそのままに、近くなった距離の分、座ったままの姿勢で畳の上を後退《あとずさ》った。

「その姿で近寄るの、禁止」

ピシャリと言い放つと、黒鉄は変な顔になる。得体の知れない虫を見つけた時のような。けれど律儀にも、それ以上は近寄ってこない。

「なぜだ？」

いかにも不満そうな口調でそう問われる。理解できないといった顔だ。

「なんででもっ」

当たり前だろっ！

「おかしなやつめ」

その場に座り直し、黒鉄は鼻で笑った。そうしてお茶道具の中から新しい湯呑みを取り上げて、急須《きゅうす》からお茶を注ぐのだった。

危機（？）が去っておれは胸を撫で下ろす。それから眼前の事態に気づいてハッとする。

……猫のくせに、お茶飲めるんだ……。

「なにをしておる」

背中に声をかけられて、ふと我に返る。

振り返ると、開けっ放しの襖《ふすま》に斜めにもたれかかるようにして立っている黒鉄と目が合った。

「んー」

部屋の中は、くれ縁と繋《つな》がった障子越しに入ってくる日差しのせいで、やけに白っぽく明るい。堆積《たいせき》していた埃《ほこり》が舞うのが見えるくらいだ。そんな中で手元のアルバムに見入っていたせいか、薄暗い廊下側に立つ真っ黒いシルエットが、はじめはうまくひとの姿として認識できなかった。

「この部屋に入るなど、珍しいのう」

ここは父さんが書斎にしていた部屋だ。六畳の和室にウッドカーペットが敷き詰めてあり、どっしりしたライティングデスクと揃《そろ》いの椅子《いす》が置いてある。デスクの正面の左右と背後の壁は、天井から床まである大きな本棚になっていて、いろんな難しそうな本が並んでいた。

そんな本棚の一角には、家族の写真を綴《と》じたアルバムが何冊か、かたまって置いてあった。

おれは眇《すが》めた目を一旦閉じて、それから軽く頭を振る。ようやくはっきり見えた黒鉄が近寄ってきて、おれの手からアルバムをそっと取り上げた。

「今までは、あんまり見たくなかったからな」

両親が死んでから、家族の思い出はずっと痛みだった。懐かしがって思い出しても、それは失われてもう二度と戻らない。

「……そうか」

黒鉄はおれのことをチラリと横目で見てから、ページをめくっていく。

もしかして、アルバムのどこかに写っているかもしれないと、ほんの少しだけ考えてこの部屋に来たけど、やっぱり黒い着流し姿の男はどの写真にも写っていなかった。

その代わり、いたるところに黒猫姿の黒鉄が写り込んでいた。夏休みに、居間の縁側でスイカを食べる小学生のおれの隣で、昼寝をしている姿。正月のおせち料理を載せたコタツの向こう側に座った黒い足。幼稚園くらいのおれに無理やり抱っこされた困り顔。

どれも写真だけでなく、ちゃんと記憶に残っている過去の様子だ。写真屋のスタジオで三人並び、楽しげに笑っている幼い自分と両親を見て、チクリと胸が疼《うず》く。

「焼けなくて、よかった」

黒鉄がめくっていくページを一緒に眺めて、心からの声でそうこぼした。色褪《いろあ》せた写真はまだ痛みを呼ぶけど、なくなってしまったら思い出して泣くこともできなくなる。

「おぉ、これは」

感慨に耽《ふけ》っていると、黒鉄が次のページをめくり、そこにある一枚を見て声を上げる。

ずいぶん時代を遡《さかのぼ》ったそこには、画質の粗い、すっかり褪色《たいしょく》した写真が何枚も収められている。視線の先を辿《たど》ると、そこにはなにがあったのか、大口を開けて泣きわめいている幼いおれの姿があった。

「うげっ！」

思いがけない黒歴史の出現に、つい声が大きくなる。

なんでこんな写真見つけるんだよ！

「これは懐かしいな」

「ちょ、返せ！　見るなっ！」

アルバムを取り上げようとするが、背の高い黒鉄は腕を頭上に掲げて軽々とそれを避けた。

普段は小さい猫のくせに、なんで人間の姿になった途端こんなに身長伸びてるんだ、こいつ！　詐欺だ、詐欺っ！

身長に伸び悩む男子高生の繊細な心の叫びなど無視して、黒鉄はおれの手が届かない位置で、しげしげとそのみっともない写真を眺める。

「みっつか。この頃の葵は、本当に愛くるしかったのう」

しみじみした声を聞いて、なんとなく抵抗する気を失う。そんなふうにニコニコされたら、無理にやめろって言えないじゃないか。

「うるさい」

きまり悪く毒づいた言葉は、否定でもなんでもなくて、まるでただの相槌《あいづち》だ。

「もちろん、今も愛らしいぞ」

「な、変なこと言うな」

至極真面目《まじめ》な声音でそう付け加えられて、ますます居たたまれない気分になる。

どうしてこんなにソワソワして、居心地悪くなってしまうのだろう。可愛《かわい》いだの、女の子みたいだの、言われることは好きではないし、言われ慣れて聞き飽きているくらいなのに。

「変なことなどあるものか。ワシはお前がなにより可愛いのだ」

パタンと、大判のアルバム帳が閉じられた。真剣な目がまっすぐおれを映していた。正面から受け止めるには、力強すぎる目だ。

「可愛くなんかないよ」

強い目から、逃げるように顔を逸《そ》らす。

不意に、自分の声に厭《いや》な苦味が滲《にじ》んだ。今日までうんざりするほど味わってきた、自己嫌悪の味だった。

女の子のようだと言われて散々いじめられた自分。同年代の中では平均より若干小柄で、喧嘩も弱く、泣き虫だった自分。それを助けてくれていた親友に、べったりと甘えきっていた自分。そしてそんな親友――いつも、おれが一番辛い時にも、笑ってそばにいてくれた浩隆《ひろたか》――を、八つ当たりの末に傷つけてしまった自分。

「おれは……おれなんか……」

いつの間に、おれはこんなに弱くなったのだろう。もう喧嘩をしても負けない、誰《だれ》にもなにも言わせない、自立した強い自分でいようと決めていたのに。そんな決意は、幻だったのかもしれない。

誰がこんな弱く惨めなおれを必要としてくれるだろう。父さんと母さんがいなくなって、浩隆という無二の友人を自らの手で突き放して、まるで大海原をポツンとひとり漂流する遭難者の気分だ。それならいっそ、このまま溺《おぼ》れて消えてしまいたい――

「よせ、葵」

自分の中の薄ら寒い暗がりに向けて降下していたおれの肩を、唐突に体温の高い手が摑《つか》んだ。

ハッとして、俯《うつむ》いていた顔を上げる。そこにはやたら近い距離でこっちを覗き込む黒鉄の顔があった。怒ってでもいるかのように、眉間《みけん》にギュッと力を込めている。

「な、んだよ」

近さもさることながら、その表情の不穏当さにおれは鼻白む。ほとんど睨《にら》みつけるような、叱《しか》りつけるような表情だった。おれの肩を摑んだまま、黒鉄は低くよく通る声で言う。

「お前にも、お前の両親や大事な者を思う気持ちがあろう。それはな、ワシにもあるのだ」

ドクンと、胸が鳴る。

あの火事の中から救い出してくれた言葉を、おれは知らず知らずのうちに反芻《はんすう》する。

――ワシのために生きてくれ。

黒鉄は、あの時そう言ったのだ。潤んで揺れる紫の瞳をまっすぐ向けて。それから、そのあと――

肩を摑んでいた黒鉄の手がそっと離れ、おれの回想を見透かしたように唇に触れてきた。ビクリと、自分でも露骨だと思うほど大きく、身体《からだ》が震える。それを見てほんの少しだけ口の端を上げ、笑みのような表情になると、黒鉄は言葉を継いだ。

「お前が追い返してしまった、あの小僧にもな」

今度ははっきりと、おれは自分の記憶に打ちのめされ、肩を震わせた。

「……っ」

なにも悪くないのにごめんと謝った浩隆の顔、こちらを振り返ることなく行ってしまった自転車の後ろ姿。

「それを、ないがしろにするな」

黒鉄は指の先でおれの顎《あご》を上げさせ、そう言い含めた。まるで、もうこれ以上自分の足元に落ちる影を見つめるな、とでも言うように。顔を上げろ、とでも言うように。

「………ごめん」

黒鉄の目を見たまま、誰にとも分からず謝った。目の前に立つ黒鉄に。もしくはひどいことを言ってしまった浩隆に。あるいは、どこかで見守ってくれているかもしれない両親に。

「良い子だな」

再び柔らかく目元を解き、黒鉄はおれの顎にかけていた指を外した。それからごく自然に、流れるような動きで背中に両腕を回し、そっと力を込めて抱きしめてくれる。

されるがままになって身体を預けると、体温の高い黒鉄の身体は思いがけず心地よい。顔と肩を押しつける形になっても、広い胸はピクリとも揺るがず支えてくれた。不思議と安心して、深く息を吸い込み、細く長く吐き出す。

「……浩隆に謝りたいな」

ポロリと、胸に刺さっていた小さな棘《とげ》が落ちる。実際に謝ったわけでもないのに、自分がどうしたいのかをはっきりと意識した途端、自分を苛《さいな》んでいたものの正体が少しだけ分かった。他愛《たわい》もない見栄、さもなければやっかみ。いずれにしても、素直でない見苦しい自分の心そのものが、おれのことを苦しめていた。

「そうか」

黒鉄の手が、優しく背中を撫でる。短い相槌は真剣で、それ以上なにも言わないのに、分かってくれていると伝わる声音だ。

「あいつ、すっごくいい友達なんだ」

バスケもサッカーも上手くて、明るくて人気者で。くだらない話で笑い合えて、気遣い屋で、涙もろくて、いつも周りを気にかけている。おれのことも。

「もう誰のことも、なくしたくないよ」

火事の炎に巻かれ、すんでのところで黒鉄に助けられた時のことを思い出すと、腕に鳥肌が立って足が竦《すく》んだ。大切なひとを失うことと同じだけ、目前に迫った死は恐ろしかった。

あの時、死んでもいいやと投げやりに考えたことを、心底後悔する。死にたいなんて嘘《うそ》だ。だって誰かに触れることは、こんなにも温かくて幸せなのだ。死んでしまったら、もう誰とも笑い合えない。おいしいものを食べられない。なにもかも丸ごと失ってしまうだけなのだ。いじけて生きるのを諦《あきら》めたって、絶対幸せになんかなれない。

裸足《はだし》で踏む床の感覚さえ心許《こころもと》なくて、おれは黒い着物の身体に腕を回す。背中を撫でていた手が止まり、そのままそっと抱きしめられた。

「ワシのこともか？」

心地よい低い声が訊く。

声はおれの中に落ちると波紋みたいに広がっていき、凍えた胸を温かく溶かす。目を閉じて、柔らかな着物に顔を擦《こす》りつけた。体温が高いのは猫だからかな？　そんなことを考えながら頷く。

「黒鉄のこともだよ」

当たり前だ。おれの黒鉄。大事な、おれの黒鉄。

「もう死にたいなんて、思わないよ」

「そうか」

さっきよりもっと近く、息がかかる距離で、笑みを含んだ声が囁《ささや》いた。喉《のど》を鳴らす気持ちのよい音が鼓膜を震わせる。このまま眠ってしまえそうだ。昔からそうだ。黒鉄を抱いてフワフワの背中を撫でていると、すぐ眠くなってしまう。フワフワの背中を——

「葵」

ギュウッと強く抱きしめられて、おれは我に返った。顔を上げて、そこにいるのが黒鉄ではあるけれど、フワフワの猫なんかじゃない、黒い着物を着た男なのだということを、瞬時に思い出す。思い出した途端、身体中の血が音を立てて駆け上り、顔が耳まで熱くなった。

「い、い、今のはっ、その、長年一緒にいたか、家族で、って意味で」

説明しようとするのに、口が回らない。黒鉄はそんなおれのことを、ニヤニヤと笑いながら見下ろしている。気まずさで頭がどうにかなりそうだ。身体を離そうとするが、背中に回った腕の囲いは一向に緩む様子はない。

「く、黒鉄」

「ワシもお前のことが愛《いと》しい。お前を失うことなど、考えられぬ」

放せと言おうとしたのを遮って、黒鉄は意志的な声で言葉を紡いだ。猫耳の生えた男に抱きしめられるという異様な状況にあっても、強く言い切られたその言葉は素直に嬉しい。

でも待て。い、いとしいって、なに?

「葵。ワシは猫としてお前に抱かれながら、お前を抱きたいと、ずっと願っておった」

黒鉄の手が、さっきとは違う意図と分かる手つきで、おれの顎を持ち上げる。

「は……はい?」

……だきたいって、なに?

理解不能な言葉の連続に、おれは思考も抵抗も完璧《かんぺき》に停止してしまった。見上げた先

で、黒鉄が口の端を吊《つ》り上げて笑う。

「だから、こうして――」

「えっ……――っ⁉」

言いながら、笑った顔がスッと近づいてくる。目の前が陰って、滑り落ちてきた黒い髪が頰《ほお》を撫でたかと思うと、柔らかく温かいものが唇に触れていた。

あ、あの時と同じだ。

頭の一ヶ所冷静な部分でそう気づく。黒鉄の腕の中で動けないまま、おれはぱちぱちとまばたきした。目の前には、伏せた瞼と、長い睫毛《まつげ》。

着物の袖を摑む自分の手が震えていた。どうしてそれに気づいたかというと、大きな手が宥《なだ》めるように、手の甲に優しく触れたからだ。

おれの下唇を軽く吸ってから、黒鉄は唇を放した。

「はっ……ぁ」

唐突に苦しさを自覚して、慌てて息を吸った。無意識のうちに息を止めていたらしい。

黒鉄は、まだすぐそこ、鼻と鼻が擦れそうなくらい近くにいる。それからその場で、呼吸の整いきらないおれに向かって、さっきよりもずっと低く熱っぽい声で囁いた。

「誰よりもそばにいて、守ってやる。だから、ワシのものになれ、葵」

言いたいことを言って気がすんだらしい黒鉄が、再び顔を寄せおれの口を塞《ふさ》ぐ。今度のは、言葉に付け足しただけのような軽いキスだった。

「な、な……っ」

キス、だって？

顔が離れたのを確認したおれは、渾身《こんしん》の力で黒鉄の胸を押し返した。

「おっ」

油断していたのか簡単に腕が外れたので、大きく一歩飛び退《すさ》って距離を取る。服の袖で口を拭《ぬぐ》い、力いっぱい怒鳴りつけた。

「ふ、ふ、ふざけんなっ！ お前がおれの黒鉄だってことは分かったけどな、そういう変なスキンシップは禁止だ！ 禁止‼」

殴りかからんばかりの勢いで怒鳴っているつもりなのに、声が上擦って自分でも迫力が足りないことが分かる。当の黒鉄はキョトンとした顔でこちらを見ながら、

「すきんしっぷとはなんだ？」

と、ずいぶん的の外れた質問をしてくるのみだ。

「うるさいっ！ い、今したようなこととかそういうやつだよっ‼ いいか、今度からその姿でおれに触るのも禁止だ！ 猫の姿以外でおれに触るなよっ‼」

キスなんて単語は、とても口に出せなかった。

なにが悲しくて、男にキスされなくちゃいけないんだ。しかもそれをわざわざ口に出し

して禁止しなきゃいけないとか、なんの冗談なんだ。おれの黒鉄は猫なんだから、猫らしくしてろ！

そんな切実な願いを込め、勢い任せにまくし立てた。

「……猫なら、よいのか？」

黒鉄は指先で頬を掻き、ほんの少し考えてからそう訊いてきた。

「猫だったらいいよ」

即答。だって、おれの黒鉄は猫なんだもん。

「…………」

「…………」

ふたりして示し合わせたように沈黙する。

「なんだよ、文句あるか」

それこそ毛を逆立てた猫のように威嚇《いかく》して畳みかけると、黒鉄は至極真面目な顔で首を横に振った。

「いや。相分かった」

真っ当に理解したらしいのを確認して、おれもなんとか胸を撫で下ろす。しかし問題はそれだけじゃない。おれはさらにその顔を見据えた。

「あとな、おれもちゃんとごはん食べるから、お前も変な芝居とかしないでちゃんと食べること！　心配させるのはナシ。弱ったフリなんか、二度とするな」

これは本当に二度としないでほしいことだ。おれのことを思っての行動でも、不安になるようなことをされるのはごめんだった。

「分かった。……すまなかった」

思いがけず素直に謝罪され、それ以上の言葉が喉の奥に留《とど》まる。

「分かればいいんだ」

聞こえるか聞こえないかという声量でひとりごち、おれは胸の前で腕を組んでそっぽを向いた。熱を持ったままの顔を見られたくなかったのだ。

「葵」

「なんだよ」

わざと横柄に答える。

ひと呼吸分、間を置いて、黒鉄はおれの態度など気にもせず、心から楽しそうな口調でそっと続けた。

「お前とこうして話ができる日が来て、嬉しいぞ」

「……フン」

つい目を向けると、本当に嬉しくて仕方ないという顔で微笑む黒鉄と目が合った。

夕暮れ時に家にいるのが嫌いな時期があった。

両親がいなくなって少しした頃、黒鉄が家出したっきり帰らずにいた頃だ。学校から帰ってくると家の中はやたらと広く、どこもかしこも暗くて、そしてなんの音もしなかった。自分の生まれ育った家なのに、おれはあの時期、家にいるのがとても苦痛だった。

「それで、晩メシはなんにするのだ？」

台所で夕食の準備をしているおれの後ろにうろちょろとついて回り、黒鉄は興味津々といった顔をしている。今日はもう猫の姿に戻るつもりはないようだ。

「……お前、まさかその姿のまま食べるの？」

肩越しに振り返って、おそるおそる訊いてみる。おれはさっきのスキンシップの後遺症から抜け出しておらず、なんとなく黒鉄が近くにいるとソワソワして落ち着かなかった。

黒鉄は当然といった表情で小首を傾げる。

「いかんのか？」

なんだよ、その可愛い仕草。猫の時のクセを、その格好で出すな。その格好で。

「…………いいけど」

どうにもこのおかしな妖怪のことを無下にできず、おれはモゴモゴと不明瞭《ふめいりょう》に呟《つぶや》いた。

「よし。では献立を決めるのだ。玉ねぎは入れるなよ」

了承を得て満足したらしく、黒鉄は袖の中で腕を組んでおれに指図し始める。

ネギ類は猫に食べさせてはいけないのだ。

「え、その姿でも玉ねぎってダメなの？」

おれは驚いて目を見開く。だって見た目は人間で、しかも妖怪のクセに、玉ねぎがだめなのか？　吸血鬼にニンニクみたいな感じか？

そこまで考えて質問しようとしたおれに、黒鉄は真剣な表情で言い放った。

「嫌いなのだ」

……………

「……新玉ねぎで野菜炒《いた》めにしよう」

野菜ストッカーを覗くと、買い置きの新玉ねぎがゴロリと転がりだす。

「待て。葵」

なんだか後ろで妖怪が文句を言っているようだけど、聞こえない。

「春の玉ねぎは甘くて旨《うま》いんだよな。炒めると特に。あとは人参となんか肉……」

冷蔵庫に向かうおれの真後ろに、ピッタリとついてくる足音が面白い。声は平坦なままなのに、なんとなく焦っているのが分かる。

「決ぃめた」

取り出した食材を調理台に置く。玉ねぎを持っているおれに触れない黒鉄が、それでもすぐそばで切実な声を出す。

「待つのだ」

その顔を見て、おれは笑いながらベーッと舌を突き出してやった。

「やだ」

まあ、おれも子供の頃は玉ねぎ、嫌いだったけどね。

ふたりでいる家は明るく賑《にぎ》やかで、おれは久しぶりにこの家にいて大声で笑った。

第三話　卑怯者《ひきょうもの》とお掃除の午後

おれの名前は舟戸《ふなと》葵《あおい》。

海のそばの街に住む、普通の高校二年生だ。

成績は上の中。自分で言うのも変だけど、まあまあいいほうだと思う。得意科目は数学と物理。苦手なのは社会科と体育。好きなのは、料理をすること、散歩、動物。特に猫。

去年の秋に両親が事故で死んで以来、家族で暮らしていた一軒家にひとり暮らししている。

……いや、ひとりと一匹で暮らしている。

一匹っていうのは、猫の黒鉄《くろがね》。両親が生きていた頃から飼っていた黒猫だ。

黒鉄は猫だけど、普通の猫とは違う。どう違うかっていうと、……黒鉄は妖怪・化け猫なのだ。うちの猫が化け猫だっていうことを（そして妖怪なんていうものが、本当にこの世に存在するなんてことを）、おれが知ったのはほんの二週間前のことだ。

家の南側には、父さんと母さんが使っていた寝室と、父さんの書斎だった部屋がある。ふたつの部屋はくれ縁で繋《つな》がっていて、そこからは玄関のある表庭の生垣が見えるようになっている。

晴れた午前の庭は、今ツツジが盛りだ。

「葵、朝っぱらからなにをしておるのだ」

起き抜けの黒鉄があくびしながら声をかけてきた時、おれは縁側の雨戸を全部開けようとしていたところだった。

「お前またその格好でうろついて……」

振り返った先にいたのは、小さな黒猫ではなく、黒い着物を着流した黒い長髪の男だ。

「構わぬだろう。お前しかおらぬのに、見られて困るものでもない」

おれの抗議に面倒くさそうに答え、黒い男は懐に入れていた腕を出して伸びをした。

返事をする時、その頭にチョコンと生えた猫耳がパタパタ動く。うるさがっている証拠だ。どういう造りになっているのか知らないが、帯の下あたりからは黒くて長い尻尾《しっぽ》も生えている。

これが、うちの飼い猫・黒鉄である。

「困るんだってば」

未《いま》だにその姿に慣れないおれは、雨戸に手をかけたままため息をついた。

ちょっと前まで猫だったはずのペットが、実は人間の姿に化ける妖怪でしたと言われて、ハイそうですか、と順応できるほど単純にできちゃない。それに、誰《だれ》かに見られでもしたら大変だ。猫耳と尻尾くっつけて和装するのが趣味の知り合いなんです、と言って切り抜けるにも些《いささ》か不安がある。

「ふむ」

念入りに伸びをして気がすんだらしい黒鉄は、不意に片頬《かたほお》を上げて厭《いや》な笑いを作ると、ススッとおれの前に近寄ってきた。あっという間にその距離、わずか数センチ。

「お前はワシのことが気になるというわけか」

おれの顔を上から覗《のぞ》き込み、黒鉄はわざとらしい含みを持たせてそんなふうに言った。

「な、ちがっ……」

「おうおう、近づいただけでそのように真っ赤になるほど、ワシのことが気になるというのだな。それは気づかず相すまなかった」

芝居がかった口調で畳みかけながら接近されて、言い返しもできずに後退《あとずさ》る。

「わっ」

背中が雨戸にぶつかった。

「葵よ……」

戸の内側は、屋外の光が届かず薄暗い。いきなり暗い場所に来て、目が眩《くら》んだ。目の前に迫った黒鉄の紫色の目だけが光って見える。

「そ、その姿でおれに触るなって言っただろ……っ！」

声がひっくり返りそうになるのを、辛うじて堪《こら》える。

黒鉄がおれの顔の両横に手をつき、ギシッと戸板が鳴った。

「まだ触れてはおらぬ」

紫色の目と、低い声の吐息がゆっくり近寄ってくる。金縛りに遭ったみたいに動けなかった。身体《からだ》中の血液が高速で巡り始める。耳元で鼓動がうるさくて、顔が熱い。

見ていられなくて、顔を背けた。黒鉄の右手の親指が、おれの耳をそっと撫《な》でた。

「くっ……」

心臓が、破れそう――

「ごめんください」

ガラガラと玄関の戸が開く音がして、大きな声が飛び込んできた。

途端に、金縛りが解ける。

「は、はーい！」

おれは腕の囲いを潜《くぐ》ると、大声で応《こた》えながら玄関に向かって一直線に走った。

玄関にいたのは、隣の家のおばさんだった。母さんが生きていた頃仲良くしていたひとだ。エプロンをつけてサンダルを突っかけたままのご近所ルックがいかにも現実的で、おれは心底ホッとする。

「こんにちは。あら、エプロンなんてつけて、お料理？」

顔馴染《なじ》みのおばさんは、いつもの愛想のいい笑顔を振りまく。ああ。天使だ、天使。

「こんにちは。いや、ちょっと掃除を」

自分の姿を見下ろしながら答えた。そういえば掃除をしようと思っていたのだ。黒鉄のやつが妙な邪魔をしてくるから……

おばさんは感心したというふうに頷《うなず》いた。

「そうだったのね。それにしても、この間は大変だったわねぇ」

口調が少し低くなった。得意の井戸端会議が始まる予兆を感じて、ちょっとだけ身構える。

「火事の後片付けなんかはもういいの？」

おばさんはチラリと家の奥に視線をやった。おれも釣られて振り返る。旧《ふる》くて薄暗い板張りの廊下は、ちょっと前に比べてずっと風通しがいい。

「はい、おかげさまで。大した被害もありませんでしたし、焼けた床の修繕なんかも終わりました」

そんなふうに思えてしまうのは、多分おれの気持ちがスッキリしているせいなんだろうな。

例の騒ぎで焼けた濡《ぬ》れ縁と仏間の一部は、早々に直してもらい、火事の跡はもうどこにも見当たらないくらいすっかり元通りだ。

「そうなの、よかったわね」

本当によかったと思う。あの時、自分とこの家を守ることができて。

「うちも旧い家だし、放火犯が捕まってくれてホッとしたわ。葵くんも、ひとり暮らしで不便なこととか困ったことがあったら、いつでも言ってね」

おしゃべり好きなおばさんは、ニコニコ顔のまま強く請け負って、自分の胸を叩《たた》いてみせた。その様子が女性とは思えないくらい頼もしくて、おれは噴き出しそうになるのを堪えて返事する。

「ありがとうございます」

「そうそう。それからこれ、差し入れなの。シラスのコロッケ。よかったら食べてちょうだい」

おばさんは思い出したように言いながら、大判のハンカチをかけた皿を差し出す。

「わぁ、ありがとうございます」

湯気で曇ったラップの下には、コブシ大のコロッケが四つも入っていた。

「ごめんくださーい」

コロッケを受け取り、おばさんを見送った直後、今度は目の前で玄関の戸が開いた。

「なんだ、浩隆《ひろたか》か」

スポーツブランドのブルーのパーカーの下に白いTシャツを着て、ゆったりした黒のサルエルパンツにバスケットシューズを履いた親友は、おれのセリフに不満そうに下唇を突き出す。

「なんだはないだろー？　あれ、取り込み中？」

「いや、掃除しようかなーって」

エプロンの裾《すそ》を引っ張ってみせる。浩隆はフゥンと言ってから、脇《わき》に抱えていた風呂《ふろ》敷《しき》包みを差し出した。

「これ。お袋が作ったから持ってけって。はい」

風呂敷を解くと寿司桶《すしおけ》が現れる。中身は色とりどりのちらし寿司だ。

「おおっ！　おばさんのちらし寿司！」

思わず声を上げてしまう。

おれの母さんと違って、浩隆の母親はめちゃくちゃに料理が上手いのだ。中でもちらし寿司は絶品で、おれたちがまだ小さい頃、うちの家族と浩隆の家族で花見に行く時の、おれのなによりの楽しみだったのだ。

「なんか、婦人会の花見弁当作るついでだってさ」

「サンキュー！　今日の昼メシは豪勢だ」

隣のおばさんからの差し入れといい、今日はついている。

「浩隆、上がってよ。掃除すんだら一緒にゴハンにしよ――」

差し入れふたつを持ったまま浩隆を招き入れ、振り返ったおれの目に、見えてはいけないものが映った。

黒い着物を着流した黒い長髪の――

「いらっしゃい」

黒鉄が、そこに立っていた。

「え、あ、こんにちは……？」

知らない男に挨拶《あいさつ》され、浩隆は困惑しながらも礼儀正しく頭を下げたようだ。

「く、くろっ」

黒い頭に三角の耳は見えない。長い尻尾も。けれど着物はそのままで、長い髪もそのまだ。いかにも浮世離れした、その辺じゃまずお目にかかれないような出で立ち。

「葵の学友かな？」

黒鉄は人懐っこく笑みを湛《たた》えた表情でそう訊《き》いた。浩隆が律儀に答える。

「あ、はい。クラスメイトの尾崎《おざき》浩隆です」

威厳たっぷり（というか、偉そう）に、うむ　と頷いてから、黒鉄は思いもよらないことを口走った。

「ワシは葵の親戚《しんせき》だ。これから葵と一緒に暮らすことになってしての。見知りおいてくれ」

え？　ええっ、えええええっ!?

「はぁ……」

素直で単純な浩隆が納得したのか、していないのか、曖昧《あいまい》な返事をする中、おれは大声を出さないようにするので精一杯だった。

誰が親戚だ、誰がっ！

「このばか……なに考えてやがる……」


……おかしい。

「じゃあ、元々はこの辺に住んでたんすか」

卓袱台《ちゃぶだい》の前に正座した浩隆が、勧められた湯呑《ゆの》みを持ったまま楽しそうに言う。

「そうだ。葵の母が生まれる前からのことだな」

同じく湯呑みを手にした黒鉄が、楽しげな顔でそう答える。

「へー。おじさん、めっちゃ若く見えますね！」

「そうだろう。はっはっは」

……なんでこいつら、こんなに打ち解けてるんだよ。

浩隆が人見知りしないのは知っていたけど、それにしたってこんな奇天烈《きてれつ》な格好した謎《なぞ》の男とでも意気投合できるなんて、順応力と協調性高すぎるだろ。

黒鉄も黒鉄だよ。化け猫が人前で化けた姿を現すことは罷《まか》りならん、とか言ってたクセに！　というか、誰が誰の親戚だよ！　お前みたいな尻尾の長い親戚持った覚えはないっつーの！

「葵、なにブツブツ言ってんの？」

タワシで台所のシンクを磨いていたおれに、呑気《のんき》な浩隆が声をかける。

「なんでもないよ！」

タワシがグシャリとひしゃげる。完全に八つ当たりだ。

「なんだよぉ……あ、先週こっちに戻ってきたってことは、それまではどこにいたんすか？」

お茶請けに出していたレーズンウィッチを齧《かじ》っているらしい浩隆が、訊かなくてもいいことを質問してしまう。

「ん？　猫のお山と……」

「わー！　わー!!」

おれは慌てて台所から飛び出し、馬鹿正直に答えようとした黒鉄を遮った。

「な、なんだよ葵。ビックリするじゃん」

勢いひっくり返しそうになった湯呑みを両手で庇《かば》う浩隆。お前も余計なこと訊くなっ！

「えとー、そのー」

浩隆の目には黒鉄よりもおれの行動のほうが怪しく映っているようだ。なんとかして誤《ご》魔《ま》化《か》して、さらにこのふたりの話が弾まないようにしなければ……

「そうだ。た、茶簞笥《ちゃだんす》の裏も掃除したいから、動かすの手伝ってくれよ！」

手の平を打って、おれは居間の端にある年代物の茶簞笥を指差した。

「お、了解。お手伝い上手な浩隆くんに任せなさい」

浩隆は身軽に立ち上がると、パーカーの袖をまくり始める。

「ふー……」

た、単純なやつでよかった。

おれは浩隆の様子を気にしながら、黒鉄の脇を小突いた。

「黒鉄……あんまり変なこと言うなよっ」

振り返った黒鉄が、分かっていないらしい表情で小首を傾《かし》げる。

「変なこととは？」

「声がでかいっ！」

ああ、もう！　おれもつい大声になっちゃっただろ！

「おーい、葵、片方持ってくれよ。さすがにひとりじゃ無理だぜ」

おれたちがどんなやりとりをしているかなど露知らず、真面目《まじめ》な浩隆が茶箪笥の横で呼ぶ。

「あ、ごめんごめん」

おれがそう言って手を出すより一足早く、黒鉄が箪笥に歩み寄った。

「ワシがやろう」

そう言うが早いか、袂《たもと》から白いたすきを取り出し、端を口に咥《くわ》えると、器用に袖をたくし上げて綾《あや》掛《が》けにしてしまった。

「ちょ、……大丈夫なのかよ」

実際は茶箪笥の裏など掃除するつもりはなかったので、中身はしっかり詰まっている。人間の姿をしているとはいえ、猫に持ち上げられるのか？

そんな心配をよそに、浩隆と黒鉄はふたりで茶箪笥の両側に立つと、それぞれ底板と側板を持って息を揃《そろ》え、ヒョイと持ち上げた。

「葵、ここに置けばよいのか？」

そして軽々と持ち上げた茶箪笥を、部屋の反対側のすみに運んでしまった。

「おじさん、ガタイいいだけあって力持ちっすねー」

ポカンとしているおれを尻目《しりめ》に、浩隆が先ほどよりさらに親しみを覚えた様子でそう切り出した。

「この程度、造作もないことだ」

黒鉄は得意満面といった表情だ。

「なんかスポーツやってたんすか？　おれはバスケやってるんすけど」

スポーツマン・浩隆の目がキラキラし始めた。また変な流れになりそうな予感が……

「すぽーつか。すぽーつは特別やってはおらぬが、縄張り争いでは昔から負けたことはないぞ」

黒鉄はたすき掛けにしたままの腕を組んで、神妙な顔で答える。

「なわ……ばり？」

こらこら、すでに単語が怪しくなってきているぞ。

馴染みのない言葉に浩隆が首を傾げた。それからハッと気づいたように口元を押さえた。

その顔にツツーッと汗が流れるのが見えた。

「もしかして、おじさんあれっすか？　その……ほ、本職の方とか……」

声を潜めた浩隆の質問に、おれは膝《ひざ》の力が抜けそうになった。

「ほんしょく？　ほんしょくとはなんだ？」

怪訝《けげん》な顔で訊き返す黒鉄。

「え、いやその……組同士で勢力争いなんかしちゃってる職業の方かなーとか。はは」

浩隆、それを実際に本職の方に質問したら、無事にすむかどうかは保証しかねるぞ。

天然というか、怖いもの知らずというか、ともかくぶっ飛んだ質問をされ、黒鉄はふむ、と顎《あご》に指をあて、少しだけ考え込むようなポーズになる。

「ほんしょくとか組とか、なんのことかは知らぬが、たしかに勢力争いはあるのう。しかし今このあたりで、ワシに逆らえる者はまずおらぬぞ」

その言葉を聞いて、浩隆は雷にでも打たれたような顔で黒鉄を凝視した。

「や、やっぱり」

なにがやっぱりなんだよ。

「それがどうかしたか?」

キョトンとした顔で問いかけられ、浩隆はなぜか背筋を正して答えた。

「い、いえ。失礼しましたっす」

浩隆、日本語おかしい。

黒鉄は無駄に含蓄ある表情を見せて、浩隆の言葉にうんうんと頷く。

「なに、気にするな。なにせ春は発情期だからのう。ワシも縄張りのボスとしては」

「わー!　わー!　わーー!!」

なにを言い出すのだ、この馬鹿猫!

再びふたりの間に割って入り、黒鉄の言葉を遮る。

「あ、葵ぃー、びっくりするから耳元ででっかい声出すなよぉ」

浩隆が耳を押さえて涙目で訴えた。

「悪い、悪い。そろそろ昼ゴハンにしようぜ！　おばさんのちらし寿司楽しみだなあ」

すでにおれの声は豪快に裏返っていた。

「いやぁ、相変わらず面白いボウズだの」

食事の前に洗面所とトイレを所望した浩隆が部屋を出たのを見届けて、黒鉄は機嫌よさそうにクックツ笑った。だいぶ浩隆のことがツボに嵌《はま》っているらしい。

「相変わらずってなんだよ？」

「あれは昔からうちに遊びに来る小僧であろう？」

そうか。ずっとうちで飼われている黒鉄と、幼馴染である浩隆は、面識があるのだ。もちろん、猫のほうの黒鉄と、だけど。

「あやつは昔から葵ほどではないにせよ、素直な良い気性であったな。あのことも、きちんと謝れたのだろう？」

あのことというのは、少し前に自暴自棄になって浩隆に暴言を吐いてしまったことだ。散々甘えておきながら、心配されるのが疎ましくてひどいことを言った。それについてはもちろん心から謝ったし、浩隆は長年付き合っているおれでさえ驚くような心の広さでもって許してくれた。

「うん。ちゃんと謝ったよ」

素直になって謝るよう諭してくれたのは、ほかでもないこの化け猫だった。黒鉄は両親がいなくなって途方に暮れていたおれの前に突然現れて、強引に、でも優しく、再びまっすぐ前を見て歩き出すきっかけをくれたのだ。

「それは重畳」

綺麗《きれい》な横顔が嬉《うれ》しそうに綻《ほころ》ぶ。その笑顔を見ると胸が騒いだ。

「黒鉄」

しかし、それとこれとは別の問題だ。

「ん？」

たすきを解いて仕舞っている黒鉄の前に立ち、おれはできるだけ低い声を出す。

「猫に戻ってろ」

黒鉄がムッとした顔になる。

「なぜだ？」

この期に及んでまだ理解できないか。

「お前が変なこと喋《しゃべ》りそうで、おれの気が休まらないの！」

思いきってはっきり言ってやる。しかし黒鉄は退かない。

「変なことなど、言っておらぬではないか」

お互い一歩も退かずにしばし無言で睨《にら》み合う。

どうしてこんなに物分りが悪いんだ。猫の時にはあんなに素直でイイコだっていうのに
……！

こうなったら最後の手段だ。

「……言うこと聞かないと、お前のベッドにレモンの消臭剤ぶっかけてやる」

「にゃっ!?」

思わぬ切り札の出現に、はじめて黒鉄が狼狽《ろうばい》の色を示した。黒鉄は昔から消臭剤、特に柑橘《かんきつ》系の香りのものが大嫌いなのだ。

「本気だからな」

「ひ、卑怯な……っ」

間もなく、浩隆が手洗いから戻ってくる。そこにすでに黒鉄の姿はない。……人間の黒鉄の姿、は。

「あれ？　おじさんは？」

「なんか仕事の連絡が来たとか言って、出てった」

これで落ち着いて食事を楽しめる。おれは差し入れにもらった料理を温め、即席で味噌《みそ》汁《しる》を作りながら、心からホッとしていた。

「へー。休日なのに大変だな」

心底同情した口ぶり。お前って本当にいいやつだな……と、ちょっとだけ浩隆に罪悪感。

そこへ、いかにもこの場に相応《ふさわ》しい長閑《のどか》な鳴き声が聞こえた。

「にゃー」

「お、猫いるじゃん」

居間と廊下の境からこちらを窺《うかが》っているのは黒鉄だった。もちろん猫の。

「ああ、今さっき戻ってきたんだ」

尻尾と顔を見るに、やはり不満そうな様子だが、あえて無視する。しょうがないだろ。

「にゃーう」

嘘《うそ》つけ、とでも言いたそうな声。

「よー。久しぶり。元気だったか？」

浩隆はそんな黒鉄の様子には気づかないようで、部屋に入ってきた黒い頭を両手でクシャクシャと撫で回した。浩隆、それって犬の撫で方だぞ。

「うにゃ、にゃ」

案の定、お気に召さなかったようで、黒鉄は浩隆の手から逃げ出してしまった。

「ありゃ。嫌われちった」

「あはは。もうじーさんだからな。優しくしてやってよ」

浩隆は昔から猫の扱いはあんまり得意じゃない。構いたがりなのだ。

料理の皿を卓袱台に運ぶおれの足元にまとわりつく黒鉄。長い尻尾がもの言いたげにおれの脚に絡むが、できるだけそっちは見ない。

「そうかー。そういえばこいつ、葵とおれが知り合った頃からいるもんな」

浩隆とは小学校入学以来の仲だ。

「実際はおれが生まれる前からいるんだよ」

黒鉄はおれの母さんが結婚前から飼っていた猫なのだ。

今から思えば、おれは黒鉄の子猫だった頃のことも知らないし、黒鉄はおれが物心ついた頃からずっと、変わらず今の黒鉄のままだ。

「えー、マジかよ。それにしちゃずいぶん若々しい猫だなー」

年寄りのフリをしていた時もあったようだが（そしてすっかり騙《だま》されていたが）、今ではいたって健康な若い猫と変わりない姿をしている。

……そういえば、そもそもこいつって、一体どれくらい生きてるんだろう？

「そろそろ尻尾が二本に分かれちゃうんじゃね？」

ガッターン。

「おいおい、大丈夫かよ？」

危うくちらし寿司を落っことすところだった。

「大丈夫、大丈夫、大丈夫。それよりなんだよ。し、尻尾が二本とか。変なこと言うなよ」

なんとか平静を取り戻す。猫の尻尾が二本に分かれるというのは、化け猫の特徴のひとつらしい。なんで浩隆がそんなこと知ってるんだ。

「知らねーの？　年食った猫は尻尾がふたつに分かれて、妖怪化け猫になるんだぜ。うちのばーちゃんが言ってた」

「へ、へぇー……」

できるだけなんでもないふうに相槌《あいづち》を打った。

なるほど。尾崎家では基礎教養だったか。

「にゃ」

卓袱台の横に座った黒鉄が、まるで出来のよい生徒を褒める教師みたいな顔で頷いた。

「化け猫って、ひとを食い殺したりするおっかない妖怪なんだけど、死んだ主《あるじ》の無念を晴らしたり、手拭《てぬぐ》い被《かぶ》って踊ったり、なんか憎めない話もあるんだよな」

本当によく知ってるな！

「うんにゃ」

黒鉄はさらに嬉しそうに頷いている。

……あんまり人間みたいな仕草しないでくれよ。

そんなことを言った。

「自分ちの猫が化け猫で、踊ったり喋ったりしたらちょっと面白いよなー」

今度は、そーっと優しく黒鉄の小さな頭を撫で、喉《のど》をくすぐってやりながら、浩隆は

「そうなんだ」

素直に感心した。浩隆の意外な一面を発見した気分だ。

「そ、そうかあ？」

その意見には賛同しかねる。…………直ちには。

黒鉄がおれのぼやきを耳ざとく聞きつけ、紫の目でこっちを見た。

「葵んちの猫も、年寄りなのにこんだけツヤツヤで綺麗なのって、もしかしたら化け猫だからかもよ」

「あ、あははー……」

あっけらかんと笑いながら妙に的を射たことを口走る浩隆に、なんとか笑い返す。

「にゃーう」

黒鉄が愉快そうにひと声鳴いた。

花冷えの夕暮れ時。

おれと猫の黒鉄は、玄関で靴を履く浩隆の見送りに出ていた。

「手伝ってくれてありがとう」

遊びに来たはずの浩隆はしっかり掃除を手伝ってくれた。ふたりであちこち磨き上げて、家の中は見違えるほどピカピカになった。

「いやいや。全然。こっちこそメシご馳走《ちそう》様」

「半分はお前のおばさんのだけどね」

久しぶりのおばさんのちらし寿司は、やっぱり最高においしかった。

「近いうちにまた遊びに行くからさ、おばさんたちによろしく言っといてよ」

「おう」

つま先で軽く地面を蹴《け》りながら、浩隆が立ち上がる。

「そんじゃ。明日、学校でな」

そう言って送り出そうとした時、今日何度目かの来客が訪れた。

「ごめんくださーい」

浩隆と顔を見合わせる。お互いに聞き覚えのある声だったからだ。

「はいはーい」

三和土《たたき》に下りて戸を開ける。そこに立っていたのは担任の石黒《いしぐろ》だった。

「あれ。なんだ、尾崎じゃねーか」

石黒はおれの後ろにいた浩隆を見つけて、第一声にそんなことを言う。

「せんせー。どうしたんすか？」

おれより先に、浩隆がそう訊《たず》ねた。

「いやなに。抜き打ち家庭訪問ってやつ？」

石黒は浩隆とおれを交互に見たあと、ニヤリと笑って答えた。

「ええー！」

力いっぱい非難を込めた声を出した。そんな話、聞いてないぞ。すると石黒は呆《あき》れ顔を作ってため息する。

「嘘だよ。正直なやつだなー。近くまで来たから寄っただけ。ほれ」

言いながら、石黒はおれに向かって白いビニール袋を無造作に差し出した。

「なんですか、これ……イチゴ？」

スーパーのビニール袋に入っていたのは、剝《む》き出しのイチゴだった。葉や蔓《つる》がついたままのものも含めてどっさり入っている。

「おれの田舎、栃木でさ。山ほど送られてくるから、差し入れ」

言い訳のように説明した石黒は、いつもの飄々《ひょうひょう》とした態度だが、なんとなく照れくさそうにも見えた。

「いいんですか？」

そう訊くと、ぞんざいに手を振ってみせる。

「おお。あんまりたくさんあって、ひとりじゃ食いきれねーんだ」

「いいなー葵。贔屓《ひいき》っすよ、先生ー」

浩隆が横からお定まりの茶々を入れた。

「うるせー。このこと学校では内緒な」

浩隆の肩を殴るフリをして、石黒は口元に指を立てると教師らしい声でそう言った。

「はい」

「はーい」

おれと浩隆は声を合わせて返事した。

「先生、ちょっと上がっていきますか？　お茶くらいなら」

このまま帰すのも悪い気がして、訊いてみる。

石黒はやっぱりぞんざいな態度で、自分の顔の前でパタパタと手を振ってみせた。

「いや、本当に近くまで来ただけだから」

「そうですか？」

そう言い募った時、背後から予想していなかった声が飛んできた。

「葵、お引き止めしては迷惑だろう」

「え？」

「あれ?」

石黒と浩隆がおれの後ろに目をやった。ふたりに遅れて、まさかと思いつつおれも振り返る。思った通り、そこにあったのは再び人間に化けた黒鉄の姿だった。

「く、く、くろっ……!」

「やあ、尾崎くん。今日は葵が世話をかけたの」

狼狽極まったおれの声を軽く受け流し、黒鉄はニコニコして浩隆を労《ねぎら》った。

「い、いえ。……おじさん、仕事に行ったんじゃ?」

そうだ。仕事に行ったことにしてあったのに! そんで、その姿で出てくるなって言ったのに!

「今戻ったのだ。勝手口からのう」

黒鉄はいけしゃあしゃあと嘯《うそぶ》いた。おれはもはや言葉を見つけられない。

「あのー……」

そんなおれたちの様子を探るように、石黒が声をかけた。

「おお、これは失礼。葵の縁者です。これから葵とともにここで暮らすことになりましての」

おれはその場に卒倒しそうになった。

どうしてそんなに軽やかに嘘がつけるんだよ!

「ああ、ご親戚の……。これは失礼しました。私は舟戸くんの担任で石黒と申します」

石黒が改まった声でそう自己紹介し、黒鉄に向かって頭を下げた。

「舟戸、親戚の方が一緒に暮らすって決まったんなら、教えてくれなきゃだめだろー？」

それから、すぐ隣のおれにだけ聞こえる声でそう言った。

「え、あ、あーっと」

おれもまさか飼い猫が化け猫になって、さらに親戚になるなんて思ってなかったんですよ……

「先生。今日はもう遅い。後日また改めてお話しする席を設けましょう。ワシのほうはいつでも結構ですのでな」

なんだ、その立派な保護者みたいな口ぶりは。ていうかお前が仕切るなっ！

「はい。夜分に失礼しました。尾崎、行くぞ」

おれの心の声を余所《よそ》に、すっかり黒鉄の言葉を信じてしまった石黒は、そう言ってもう一度頭を下げた。

「あ、はい。えと、お邪魔しましたっす。葵、またな」

石黒に半ば引き摺《ず》られるようにして、浩隆もまた玄関を出ていく。

「あ、ああ」

ふたりの後ろ姿を見届けてから、ガラス戸を閉めた。

「ふむ。今日は本当に来客の多い一日だったのう」

居間に戻ると、黒鉄はいつの間にか卓袱台の前に座ってお茶を飲んでいた。その前に座ると、途端に力が抜けてつい天板に突っ伏してしまった。

「ん？　葵よ、なにを脱力しておる？」

ズズーッと呑気にお茶を啜《すす》る音。

「うるさい」

誰のせいだと思ってるんだよ。

「おれ、明日から学校行くの怖いよ……」

浩隆からは黒鉄のことを質問されるだろうし、石黒に関しては担任だから、きっともっとあれこれ詳細に訊かれるだろう。

実はこいつ、親戚なんかじゃなくてうちの猫なんです。猫が化けてるだけなんですー。あははー。

なんて言えたらどれだけ楽か……。いや、むしろふたりがこいつのことを忘れていてくれたら、どんなにおれの気苦労は晴れるだろう。

「怖い？　それはなぜだ？」

まるで事態を理解しない声が、怪訝そうに訊ねる。

「うるさい。馬鹿猫」

答えるのも面倒だ。

すると黒鉄は湯呑みを卓袱台に置き、不満そうに袖の中で腕を組んだ。

「む。なんだその態度は。ワシだってお前の学友や先生とやらをもてなしてやっただろう」

「それが余計だって」

反論を黙らせるように、黒鉄の人差し指がピシリとおれの顔の前に立てられる。

「本来ならば、お前とふたりで過ごす日にやってくる邪魔者など、早々に追い出してやるところだ。しかしあの者たちは、お前にとって大切な者なのであろう？　そうと知ってもてなしてやったワシの心遣いが分からんのか」

正論だ。おれは返す言葉もなく閉口する。

友達や先生を無下にしないでいてくれた黒鉄の思いやり（らしきもの）に、最後まで気づけなかったということなのか。それってすごく悔しい。なんというか、黒鉄の飼い主……家族として。

黒鉄はおれが思っているよりもずっと、おれのことを大切に思ってくれているのかもしれない。それに比べておれは自分のことばっかり考えて……

「それは、まあ、その……ありがとう……」

でも、できれば自分がナニモノであるとか、おれの立場とか、そういったものも考えてほしかったというか……

「のう、葵」

ブツブツ考えていると、いつの間にか黒鉄の顔がすぐそばに迫っていた。

「わっ」

不意を突かれて仰《の》け反ったのも束《つか》の間、黒鉄の手が背中と膝裏に回ったかと思うと、視界がクルンと反転し、おれは畳の上に仰向けにさせられていた。

「なにするんだよ！」

両手首を押さえつけられ、咄嗟《とっさ》に逃げることができない。

「こんなワシを労って、褒美のひとつもやろうとは思わぬか？」

上から覗き込んでくる黒鉄の紫色の瞳。

「褒美って……——っ」

言おうとした言葉は、黒鉄の熱い唇に飲み込まれた。

「うっ……んぅっ」

前の時よりもずっと強いキス。

「褒美はお前だ。葵」

「やっ……ん、う……」

言いたいことだけ言って、黒鉄は再度おれの口を塞《ふさ》ぐ。力任せに腕を振り解《ほど》こうと思うのに、不思議なことに、どんどん身体から力が抜けていく。互い違いに重なった口の端から抵抗の呻《うめ》きが漏れるが、黒鉄は目を閉じたままチラリとも動じない。

押し倒されたまま、だんだん頭にモヤがかかってくる。息がうまく吸えない。

黒鉄の手が、力の抜けたおれの手首を放して、手の平に重なる。指が指に絡まって、キュッと握られた。

「んっ……」

黒鉄の舌が、そっとおれの口内に忍び込んでくる。ビクンと身体が跳ねた。いつの間にか、涙が目尻を熱く潤していた。

熱い。黒鉄、熱いったら——

なにがなんだか分からなくなって、黒鉄の手を握り返す。するとゆっくり黒鉄の唇が外れた。

「あ、くろが、ね……」

「葵」

鼻先の触れ合う距離で、甘い声がおれを呼ぶ。自然に、まるで吸い寄せられるみたいに、自分からもう一度黒鉄の唇に——

「ひゃっ、あ」

突然のくすぐったさに、おれの口から素《す》っ頓狂《とんきょう》な悲鳴が上がる。

再び唇が重なりそうになった瞬間、スイと黒鉄が動き、おれの首筋を甘嚙《あまが》みしたのだ。

それから黒鉄はおれの手を放してゆっくり起き上がると、

「うむ。今日はこれくらいで満足しておこうかの」

意地の悪い顔でそう言って笑ったのだった。

「ぐっ……」

おのれ、やらせておけば。

なんとか呼吸を立て直したおれは、袖で口元を拭うとおもむろに立ち上がった。台所に行ってシンクの下を開け、『おうちの消臭剤（レモン）』と書かれたスプレー缶を取り出し、居間に戻るとそれを黒鉄に見せつけてやる。ブツを認めた黒鉄の目が、恐怖に見開かれた。

「なにゃっ！　なにをするのだ！」

耳がペタンと黒髪にへばりついているが、問答無用だ。

おれは殺し屋のごとくスプレーを構え、黒鉄の猫ベッドに向かって消臭剤を発射した。

「にゃーーっ‼」

その場から動くこともできない黒鉄の口から悲鳴が迸《ほとばし》った。だがおれは心を鬼にして缶の半分ほどを黒鉄のベッドに吹きかける。部屋中に、スッキリさわやかなレモンの香りが広がっていく。

「その姿でおれに触るの禁止って言っただろ」

　スプレー缶を持ったまま腰に両手をあてがい、涙目になっている黒鉄に向かって言い放つ。

「こ、このひとでなしめ……っ」

……ちょっとやりすぎたかな……

いや、でもだめだ。ペットの躾《しつけ》にためらいは禁物！

「妖怪に言われたくないっ！」

尻尾を下ろしてしょぼくれた黒鉄は、掃き出し窓を開け、レモンの匂《にお》いから逃げるようにその隙間《すきま》から外に出た。そして顔半分だけをこちらに覗かせる。

「……ワシは今夜、どこで寝ればよいのだ」

でかい図体して、子供か！

「知らない」

今度は胸の前で腕を組む。外にでも行って寝ればいい。

「あまりに非道」

「知らんっ！」

そんな悲しげな声出しても、今度は騙されないからな。

おれは腕組みしたまま顔を背けた。

「葵」

……あれ？　声が変わった。

「こんなにか弱いワシを見捨てるのか」

振り返ると、小さな黒猫が悲しそうな顔でこっちを見上げていた。

「にゃう……」

「～～っ‼」

卑怯なのはどっちだ！

その夜、絶対絶対、ぜーったいに人間の姿にならないことを条件に、黒鉄におれと同じ布団で寝ることを許可したのだった。

第四話　正直者は恋をする

「舟戸《ふなと》、ちょっといいか」

土曜日の授業が終わり、帰り支度をしていたおれは顔を上げた。教卓のところで担任の石黒《いしぐろ》が手招きしている。カバンを肩に提げて向かう。

「はい。なんですか？」

「おう。いやー、こないだは邪魔しちゃったな」

プリントやなんかが挟まった出席簿を小脇《こわき》に抱え、石黒は珍しく照れたような顔をしていた。

「ああ、いえ。こちらこそ、イチゴご馳走《ちそう》様でした」

こないだというのは先週の日曜日のことだ。

家中の掃除をした日で、やたら来客が多かった。石黒もそのひとりで、なぜかおれにと言ってイチゴを差し入れしてくれた。

「旨《うま》かっただろ。あれ、ウチの親戚《しんせき》が作ってんの」

「おいしかったです」

イチゴは、形はマチマチだったがよく熟しており、瑞々《みずみず》しくてとても旨かった。

「おじさんも食べたの？」

「いや、くろ……おじさんは、その、イチゴ苦手だって言うんで、おれがひとりで食べちゃいました」

黒鉄《くろがね》はイチゴには興味を示さなかった。果物はすべて苦手だそうだ（特にレモン）。まあ、猫だし。

あの日の来客である浩隆《ひろたか》と石黒には、人間の姿をした黒鉄を見られてしまっている。しかもあいつ、言うにこと欠いて自分を「葵《あおい》の親戚」だなんて言いやがった。

「あら、そりゃ悪いことしたな」

「いやいや。おれはイチゴ好きなんで、嬉《うれ》しかったです」

差し入れは本当に嬉しかった。そのことを伝えると、石黒はホッとした顔をする。

玄関先で黒鉄を見てポカンとしていた石黒たちを思い出すと、密《ひそ》かに冷や汗がぶり返す。あの日の一連のドタバタを思い出すと、それだけで熱が出そうだ。おれとしては〝人間の姿の黒鉄〟については、早々にみんなの記憶からフェードアウトしてほしいというのが本音だった。両親が死んでひとり暮らししていた高校生の家にやってきた親戚。……うん、それだけなら存在感は薄くてすむ。

「それで、なんか用ですか？」

教室に残っているのはおれたちだけになっていた。

「あ、そうそう。ほれ」

そう言って石黒は、出席簿に挟んでいたプリントの中から一枚抜いて差し出した。

「三者め……えっ、三者面談⁉」

受け取ったプリントには、信じられない四文字が躍っていた。

「そうそう。一年の時からの繰り上がりとはいえ、保護者が変わったともなれば生活面とか聞いてみたいし」

冗談ではない。これ以上ひとの姿をしたあいつを誰《だれ》かに見られることは勘弁してほしかった。

妖怪化け猫は正体が人間にばれたら、その土地にはいられなくなるらしい。自分の家に妖怪がいるという異常事態をひとに知られたくなかったし、なにより黒鉄がいなくなるのは嫌だった。

石黒は普段やる気のない教師なのに、やたらとおれのことを気にかけてくれる。それはとてもありがたいことだったけど、まさか黒鉄の姿を見られたことで、こんな面倒なことになるとは思ってもみなかった。

そんなおれの動揺にまったく反応せず、石黒はニコニコしながら続けた。

「おれも一応、担任として心配してたんだぜ。舟戸が最近明るくなってきたのって、あのおじさんが来て生活が安定したってのがあるんじゃないの？」

「それは……まあ……」

実際は安定どころではないのだが、家が明るくなったというか、賑《にぎ》やかになったのは確かだ。普段は生徒のことに興味なんてないように振る舞っているくせに、こういう時の石黒はやたら鋭い。

たしかにおれの生活は一変した。一年前の夏の終わりに両親を事故で失い、縁の薄い親類縁者を頼ることなく、今の家にひとりで暮らし続けていた。親友の浩隆とその家族に支えられながらも、（当時、自分では気づかなかったけど）だんだんと気持ちが荒《すさ》んでいった。そんな時、ウチで長年飼っていた猫の黒鉄が、まさかの妖怪・化け猫で、人間の姿に化けたりできる得体の知れない存在だったということを知る。

十六年ぽっちしか生きていないが、こんなに衝撃的なことが重なる一年があっていいものか。これって実は全部夢なんじゃないか？　と、未《いま》だに考えることがある。

が、現実は無情。

人間の姿に化けた黒鉄は、今もおれの家にいて、余裕しゃくしゃくの顔でニヤッと笑い、

『葵、お前のことはワシが守ってやるぞ』

と、時代劇がかったセリフを垂れたりするのだった。

おれは混乱して、今でもその混乱は少なからず継続している。けれど、『守ってやる』という言葉に、一ミリでも安心しなかったかと言えば、そして嬉しくなかったかと言えば、それは嘘《うそ》になるのだ。

「……舟戸？　おーい、舟戸？」

「あ、はい。すいません、聞いてます。大丈夫です」

なんだかおかしな回想のループに嵌《はま》っていたおれは、慌てて現実に立ち戻る。石黒が怪訝《けげん》な表情でこっちを覗《のぞ》き込んでいた。

「よし。んじゃ、明日の日曜日な。三時くらいからでいいか？」

「えっ」

「こういうのはさっさと終わらせたほうが気楽だろ？」

いやいやいやいや。おれとしてはぜひ先延ばしして、なかったことにしたい感じなのだが。

「でも、おじさんの仕事の都合もあるし……」

「こないだお会いした時に、いつでも大丈夫って言ってたぞ？　日曜日だし、ほんの一時間くらいは時間取れるだろ？」

たしかに基本は家猫だからいつでも家にいるけどさ！

多分今も、縁側に出て昼寝の真っ最中だと思うけどさ！

おれはすっかり頭を抱えてしまいたい気分だった。すると石黒は、さすがに急すぎると考え直したのか、付け加えるようにこう言った。

「よっぽど都合が悪ければ、お前だけでも大丈夫だぞ。最近の様子ちょっと話して、三者面談自体はまた後日って形でも」

「それ！　それにしましょう！」

そのセリフが終わらないうちに、おれはそう言って挙手の姿勢を取った。授業中なら一発で当てられるくらいの姿勢の良さと大声に、石黒は仰《の》け反って驚いている。

「お、おう。……まあ、一応おじさんにそのプリント渡しといてくれよ。そんで、基本は三者面談の方向でな」

時間と場所を確認すると、石黒は出席簿を軽く掲げて教室をあとにした。場所はこの教室だそうだ。

『基本は三者面談の方向で』

普段、勉強や料理ならば基本に忠実なのだが、今回ばかりは基本なんて無視させてもらう。

おれはそう心に決めてから、教室の外に出たのだった。


「あれ？　葵、今帰り？」

校庭を横切っていると、ちょうど練習中らしいバスケ部のそばを通りかかった。

「おー」

浩隆のヘラリとした笑顔に、おれは憂鬱《ゆううつ》な内容のプリントを持ったままの手を振って応《こた》える。

「なんだよ、疲れた顔して。腹減ってんの？」

「違うよ」

下級生がシャトルランに勤《いそ》しんでいるようだ。二年生は休憩中らしい。おれはもらったばかりのプリントを、気楽そうな浩隆の前に差し出してみせる。

「三者面談……こんな予定あったっけ？」

「おれ限定だってさ」

これでもかと大きなため息をつくおれを見て、浩隆は面白そうに笑う。

「災難だなー。ま、しゃーねぇだろ。葵の生活って、入学当時からずいぶん変わっちゃったし」

それはたしかにそうなのだ。自分で言うのもなんだが、それなりに波乱万丈な高校生活になりつつあるのを、おれ自身、差し迫って感じている。

平凡で穏やかな毎日が送りたい……。

「葵、進学希望だろ？　この際だからいろいろ相談しとけばいいじゃん。ほら、石黒って都内の進学校で結構やり手だったらしいし」

そういえばそんな話を聞いたことがあった。

「うん……まあ、そうだよね」

いかに黒鉄と石黒の対面を避けるかで頭がいっぱいだったおれは、浩隆の言葉にふと冷静になって考えてしまう。

実際、高校生の実生活で両親がいないということは、思っていた以上に大変なことだ。当面の生活費や、家のことはなんとかなっている。しかしこれからのこと、分かりやすく言えば進学のことなんかは、どうすればいいのか正直見当もつかなかった。

「葵、最近ようやく落ち着いてきたし、たまには膝《ひざ》つき合わせて話聞いてもらえばいいんだよ。あのおじさんと、石黒にさ」

お気楽者のクセに、浩隆のこういうセリフには妙な説得力がある。

「うん」

おれが答えるのとほとんど同時に、バスケ部の群れから浩隆を呼ぶ声が飛んできた。

「やべえ、戻らなきゃ。じゃあな、葵」

サッと身を翻し、浩隆は練習の輪の中に戻っていった。軽く手を振って見送り、おれは今度こそ学校をあとにする。

そうだ。現実問題として、未成年の自分にできることは多くないのだ。高校二年時の担任と今後のことを話し合う機会なんて、あってありすぎることはない。黒鉄のことはなんとかするとして、ともかく明日はそういったことをいろいろと相談に乗ってもらおう。

「うん、そうしよう」

腹を決めてひとり呟《つぶや》く。

ともかく、プリントが黒鉄に見つからなければいいんだ。


帰宅すると、縁側に猫ベッドが置かれていた。案の定、黒鉄は昼寝中のようである。

「ただいま」

猫のままでいてくれているとホッとする。

毛艶《けづや》のいい眉間《みけん》を指で撫《な》でてやると、グルグルと喉《のど》を鳴らす音が聞こえた。紫色の目が細く開いて、ジロリとおれを見る。

「……なんだよ」

黒鉄はふわふわの尻尾《しっぽ》でおれの手を叩《たた》きながら言う。

「土曜日だというのに、遅かったのう。腹ペコだぞ」

言葉通りに不機嫌な顔だ。こいつは人間の姿をしている時より、猫の姿の時のほうが、表情が豊かな気がする。それが、おれが猫の黒鉄のほうをより見慣れているせいだからなのかは、おれにも分からない。

分かるのは、おれは人間の姿をした黒鉄が苦手だっていうこと。

「待たずに食べればいいのに。どうせ朝のだって残してるんだろ？」

起き上がってあくび、それから全身で伸び。指の股《また》が開いて爪《つめ》が見え隠れしている。

この仕草も見慣れたものだ。

「お前の顔を見ながら食うのが、よいのではないか」

当然だとでも言いたげな口調で黒鉄はそう返した。

「う……うるさいな。ヘンなこと言ってるとメシ抜きにするぞ」

両親を亡くして精神的にまいってしまっていた時、黒鉄はおれがいないと餌《えさ》を食べなくなっていた。おれはそれを、黒鉄が年老いて弱り、飼い主に甘えたいからなのだと思っていた。

実際は違っていた。

『葵がメシを食うまで食わない。そうすればお前は必ず食うだろう？』

見透かされていたことへの悔しさと、想われていたことを知った喜び。あの時は黒鉄の正体を知って混乱していたので、その言葉の真意——と、自分が本当はどう感じたか——が、うまく理解できなかった。

……今は？

「おうおう、お前はこんなか弱いジジィ猫に食事もやらんというのか。それで平気とは、なんと非道な。なんと冷酷な。紗夜子《さよこ》と毅《つよし》も草葉の陰で泣いていよう」

　メシ抜きと聞いて、途端に黒鉄は弱々しくベッドに突っ伏した。年寄りぶって肩で息をし、哀れっぽい様子でわざわざ母さんと父さんの名前まで持ち出してくる。

「こ、こいつ……」

　ついつい、大丈夫か？　と聞いて、優しく撫でてやりたくなるのをグッと堪《こら》える。自分で言うのもなんだが、本当におれは猫に弱い。というか猫の黒鉄に弱い。

「葵、ワシはお前をそんなふうに育てた覚えはないぞ」

「育てられてない！」

　思いきりツッコミを入れたところで、自分の腹の虫が盛大に鳴き声を上げた。悔しいけど、黒鉄の勝ちだ。

「あー、もう！　分かった、分かったよ！　ちゃんと準備するからちょっと待ってろ！」

　言い捨てて、わざと足音が鳴るようにその場をあとにした。制服とカバンを居間に放って、ガラス戸で仕切られている台所へ向かう。冷蔵庫を開けて適当な食材を漁《あさ》った。

「なにがジジィ猫だよ……ジジィ通り越して妖怪のクセに……」

　下ごしらえに取りかかろうと包丁を握ったところで、起き出してきたらしい黒鉄が背後から呼んだ。

「葵よ」

声の感じとその位置の高さから、それが人間の姿の黒鉄だと分かった。

「なに」

振り向かずに答える。そうしたのは、その顔を見るとうろたえてしまう自分が予感できたからだ。

衣擦《きぬず》れの音が聞こえたと思ったのも束《つか》の間、突然背後から伸びた手が、包丁を持ったままのおれの手首を摑《つか》んだ。

「わっ！　あぶな……っ」

驚いて包丁を手放す。まな板に刃物が落ちる鈍い音。

「お前、……ワシに隠していることがあるだろう？」

声は、耳のごく近いところで聞こえた。

「――っ！　なんで……っん」

息が首筋にかかって、ゾクリと鳥肌が立つ。

振り払おうとした手は石のように固く、背中に密着された姿勢で身動きが取れない。笑みを含んだ声が耳元で囁《ささや》いた。

「のう？」

吐息が耳たぶをくすぐる。

「な、ないよっ！　隠しごとなんか」

その声と吐息から逃れようと、首を捻《ひね》って顔を背けた。

勝手に上昇した血流が、すっかり顔を熱くしていた。黒鉄の触れているところが、やたら敏感にその肌の質感を感じ取ろうとしている。視界の端でサラリと揺れる黒い髪。

「何年お前のことを見ていると思っておる。嘘をついても無駄だぞ」

小動物をいたぶるような声に続いて、黒鉄の手がおれのワイシャツの下に潜り込んできた。

「ば、ばかっ……どこ触って……——あっ」

体温の高い指が、脇腹を撫で上げる。くすぐったさに思わず声が漏れて、慌てて下唇を噛《か》んで堪えた。

「ふむ。敏感なのは相変わらずだな」

敏感ってなんだよ！

反論しようとした口を封じるように、素肌を指が滑った。

「はぁっ……、うっ……」

触れられたところがくすぐったくて、おかしな熱が残って疼《うず》く。苦しくて、息をしようとすると、黒鉄の指の動きに反応して勝手に声がこぼれた。

「葵」

うんと潜めた声がして、黒鉄がおれの首筋に唇を押しあてたのが分かった。瞬間、殊更強く身体《からだ》が痺《しび》れて、膝から力が抜けそうになる。

「この……っ」

やばい。

おれは理性を総動員して持ちこたえ、自由なほうの腕に力を込めた。

「エロ猫っ‼」

怒鳴りつけると同時に、黒鉄の脇腹に力いっぱい肘鉄《ひじてつ》をお見舞いしてやった。

「うぐっ」

呻《うめ》き声を上げて、黒鉄はおれから離れた。即座に身体を反転させて、台所と居間の境へ避難する。

「盛ってんじゃねーよ！　馬鹿猫っ‼」

触れられた場所が熱い。まるで、あの指にまだ触られているみたいだ。その感触を拭《ぬぐ》い去るように声を荒らげると、腹を押さえて項垂《うなだ》れていた黒鉄が顔を上げた。

「う……なぜだ？　動物も人間も、こうして情を確かめ合うものであろうが」

その表情は笑ってこそいないものの、本当に不可解といった様子だ。

「た、確かめ合うって……あのな」

黒鉄の言う情というのが、果たして家族の愛情なのか、それとももっと違うものなのか分からなくて困惑した。

「以前にも言ったであろう。ワシはお前のことを抱きたいのだと」

その言葉は思いがけず真剣で、まっすぐ胸に刺さった。

違う。おれ、黒鉄が言いたいこと分かってる。だから困ってるんだ。

これ以上、黒鉄とここにいたくない。

「もう知るかっ！　メシでもなんでも、勝手に食べろ！　馬鹿‼」

おれはそう吐き捨てて、その場をあとにした。

自分の部屋に戻っても、黒鉄は追ってはこなかった。


肘を食らった脇腹はさほど痛まないが、拒絶されたことで少しだけ胸が痛んだ。

「……ちと性急すぎたか」

シンクにもたれて後頭部を掻《か》きながら、反省の意味をこめてひとりごちた。黒髪を割って生えた三角の耳が、ほんの少しだけ横倒しになっている。

自分の気持ちに嘘はつけない。黒鉄はそういう嘘は嫌いだ。

けれど黙っているつもりだったのだ。自分の正体がばれなければ、最後まで言わないつもりだった。一緒にいられるならば、それだけでいいと思っていた。

けれどいつしか、正体がばれることを、黒鉄は望むようになっていた。

本来、人間に正体がばれた化け猫は、人間の世にいてはいけない。それが化け猫の掟《おきて》だ。正体を知られてでも、葵と話をしてみたかった。猫として抱かれるのではなく、この腕に葵の身体を抱きしめたいと思ったのだ。葵を守り、葵のそばにいたい。黒鉄が望むのはそれだけだった。

大切な葵。死んでしまった紗夜子の息子。ずっと見守ってきたのだ。幼い頃から。

すでに自分は一度、大切な者を失っている。

「あんな思いは、二度とごめんだ」

思い出せば苦々しく、回想を追い払うように黒鉄は頭を振った。

ふとその時、居間に落ちていた紙切れを発見する。葵のカバンから落ちたもののようだ。

少しだけシワの寄った紙を開くと、そこには『舟戸葵の保護者様へ』と書かれてあった。

「さんしゃめんだんとな……」

日曜日は、朝から花曇りだった。予報では夕方には雨とのこと。

「お、来たな」

ひと気のない教室のドアを開けると、石黒が向かい合わせにふたつくっつけた机について、待ち構えていた。今日は珍しくネクタイなんかしている。

「あれ、おじさん来れなかったのか」

ドアを閉めると、おれがひとりで来たことに気づいたようでそう訊《たず》ねた。

「はい。やっぱりどうしても時間取れなくて」

石黒の正面に座って、いかにも残念だという表情を作ってみせた。

「うーん。まあ仕方ないか。プリントは渡してくれたな?」

「あ、えーと。はい」

カバンの底に仕舞ったままのプリントと、さらに台所でのやりとりがチラリとよぎった。

熱い指と、それが触れて熱を持った自分の身体。黒鉄の声が耳に蘇《よみがえ》って、おれは慌てて頭を振る。

黒鉄のことなんか思い出したくない。あのあと結局、謝りにも来なかったあんなやつ!

突然髪を振り乱したおれのことを、石黒が怪訝そうに見ていた。

「なにしてんだよ?　……んじゃ、まあ三者面談は次だな」

仕方ないか、と付け足して、石黒はネクタイの首元を緩めた。なるほど、保護者相手なので一応格好をつけていたらしい。

「さてと」

担任はいつもの顔で、手の中のペンをクルリと回す。

「どうよ、最近」

いきなり、ずいぶん大雑把な質問だ。

「どうって……うーん」

思っていたよりもざっくばらんな石黒の雰囲気に戸惑《とまど》い、どう答えていいものかと顎《あご》を引いた。

「火事とか、身辺バタバタして、落ち着かないんじゃないか？」

重ねて質問されて、ようやく石黒の意図を理解した。

「まあ、あれは結構バタバタしましたね……」

まさか、連続放火事件に巻き込まれるとは思ってもいなかった。それでなくてもあの時は精神的に弱りきって大変だったのだ。

「もう片付けとかはいいのか？」

「それは、はい」

「そっか。まあ、災難だったけど、怪我《けが》もなくて本当によかったよ」

石黒はしみじみした声を出す。本当に心配してくれていたのだ。

あれだけの火災に遭えば、年代物の木造平屋などひとたまりもなかっただろう。けれど黒鉄のおかげで家は燃えずにすんだし、おれはあの火の中から立ち上がって逃げることができた。黒鉄がいなかったら、こうして誰かが自分を心配してくれていることにも、気づけなかったかもしれない。

「そうだ。ちょっと前にお前と尾崎《おざき》、喧嘩《けんか》みたいになってただろ？」

まったく別の話題を振られ、すっかり回想の中に入り込んでいたおれはまたも言い淀《よど》んだ。

「え？　……いや、それは」

これ以上ないほど自分勝手な言葉で浩隆を傷つけたことを思い出して、おれは恥ずかしさに俯《うつむ》いてしまう。

「実はさ、あれっておれが舟戸に妙なこと言ったせいなのかなーって思って、結構責任感じてたんだよ」

石黒はおれの様子には気づかないのか、そんなふうに続けた。

「妙なこと？」

思いがけない言葉に顔を上げる。

「尾崎んちに世話になってるのに、顔見せに行かないのはダメだとかなんとか」

申し訳なさそうな石黒の目がこっちを見ていた。

「ああ……」

そういえばそんなことを言われたのだ。そしてそれも、余計なお世話だと思っていた。

「教師としての指導のつもりが、告げ口みたいになっちゃったわけだろ？　お前らどっちも悪気がなかったのに、おれのせいで仲がこじれたんなら、ちゃんと誤解を解いてやりたかったんだ」

生徒が教師に告げ口とはよく聞くが、その逆は聞いたことがない。そのチグハグさが奇妙で可笑《おか》しくて、おれはつい笑ってしまう。

「でも、あれって本当のことでしたから」

そう言った途端に、胸のつかえが取れたように言葉が溢《あふ》れ出した。

「おれ、あの時いっぱいいっぱいになっちゃって、周りのこと考えられなかったし、浩隆が気遣ってくれてたのもすごく苦痛に感じてました。……おれ、あいつにすごくひどいこと言ったんです」

石黒は黙って、時々頷《うなず》きながら聞いていてくれた。

「それで、……あるひと……に、叱《しか》られました。お前が死んだ両親を大事に思っているように、お前のことを大事に思っているひとがいる。その気持ちを踏みにじっちゃいけないって」

誰かを思うのと同じだけ、誰かに思われることは尊いのだと知った。

それを教えてくれたのは黒鉄だった。

「だから、あの時、先生に言われても当然だったと思うし、浩隆と喧嘩したのだって、先生のせいじゃないです」

そう締めくくって石黒の顔を見た。石黒は最後まで聞き終わってから、大きくひとつ頷いた。

「……そうか」

その手の中で、ペンがまたクルリと回った。

「先週お前んちに様子見に行って、尾崎が遊びに来てるの見て、すげー安心したんだよ」

やっぱりあの訪問は、近くに来ただけなどではなかったのだ。照れ笑いしながらそう告白した石黒を見て、おれも笑う。

「もう、元通りです」

「うん。……よかったな」

石黒の言葉に、おれは解けなかった数式の答えに辿《たど》り着いたような嬉しさを覚えた。

どうして、浩隆といい石黒といい、こんなにも優しいんだろう。そしておれがひとりじゃ導き出せないおれ自身の答えを、どうしてふたりは知っているんだろう。

そして黒鉄も……。いや、あんな勝手なやつ。

黒鉄のことを考えようとすると、思考と感情がこんがらがってしまって、うまくいかない。おれは早々に考えるのをやめる。

「先生って、案外生徒思いですよね」

机に身を乗り出して、そう小声で言ってみた。

「案外ってなんだよ、案外って」

石黒は不満そうな声で返すが、表情はまんざらでもなかった。

「だって先生、いつもは自分のことは自分でしろー、おれに手間かけさせんなよーって」

普段の石黒は、どちらかといえば教育熱心な教師とは言いかねるのだ。課題も特に多くないし、ホームルームで決めごとをする時もクラス委員に任せて、自分はそばでボーっとそれを眺めていたりする。

「普段はな。生徒の自由な意志と行動を尊重しつつ、本当に必要な時に察して手を差し伸べてやるのが、プロの教師ってもんなんだよ」

そう言い切って、石黒は自分の腕をポンポン叩いてみせた。

「なんか、かっこいい」

実際、すっかり石黒の前で気持ちを吐き出しきってスッキリしたおれは、心からそう言って目の前の担任を称《たた》えた。

「だろー?」

石黒が嬉しそうに破顔し、おれも一緒になって笑った。

やっぱり話を聞いてもらってよかった。

おれが心底そう感じた時、教室のドアがガラリと開いた。

「これはこれは、楽しそうですのう」

思いもよらない顔を見て、笑いが凍りついた。

教室に入ってきたのは、黒鉄だった。

「あれ、舟戸の……。たしか今日は都合がつかなかったんじゃ？」

石黒が立ち上がって黒鉄を迎えた。おれは未だ凍りついて動くこともできない。

「おや、そんなことを申しましたか？　ははぁ、さては葵め、勘違いしたのでしょう」

わざとらしい仕草で手の平を打つ黒鉄。

「そうだったんですね。どうぞ、舟戸の隣へ」

石黒はそれを疑うことなく、黒鉄をおれの隣へかけるよう案内した。

「どうして」

平然とした顔で席に着いた黒鉄に向かって、おれは小声で問う。今日のことはひと言だって言っていないはずだ。すると黒鉄はおれのほうを一瞥《いちべつ》して、ニヤリと笑い、

「嘘をついても無駄だと、言ったであろう？」

そう言ったのだった。

「なにか言いましたか？」

ネクタイを直し席に着いた石黒が耳ざとく聞きつけて、おれたちのやりとりは終わった。

「いえなにも。さあ先生、さんしゃめんだんとやらを始めましょう」

堂々と言い放つ姿を見て、おれは真剣に頭を抱えて逃げ出したくなった。

「だから仕切るなってば……」

さっそく石黒は、おれの名前が表に書いてあるファイルを開いた。

「えー、まず学校でのことを話しておきましょう。舟戸は学業面では、特に問題はありません」

「ほう」

黒鉄が袖の中で腕を組んだまま、神妙に相槌《あいづち》を打った。石黒は黒鉄の様子を確認し、さらにここ最近のおれの小テストの結果や去年の成績一覧などを並べて、淡々と続ける。

「社会科全般が苦手ですが、必ず平均点プラスを取るので、どちらかといえば優秀と言えます」

「ふむ」

広げられた書類を見ることもなく、黒鉄はもう一度頷いた。首から下はまったく動かない。

「舟戸は進学を希望ですね。これから希望校を出すとしても十分間に合うでしょう」

「ほほう」

「えー、……学校での生活面なんですが、ここ一ヶ月はかなり落ち着いてきている様子です。クラスメイトとも仲良くしていますし」

「うむうむ」

「えーと……」

手元に差し出された資料など無視して、ひたすら満足そうに頷く黒鉄。石黒はその様子にすっかり面食らっているようだ。

「あのなぁ」

「ん？」

できれば黙って見守っていたかったが、おれはとうとうツッコミの口火を切ってしまう。

「絶対なにも分かってないだろ、お前！」

すると黒鉄はいかにも心外だという表情になった。

「失敬な。ちゃんと首肯しておるではないか。内容はよう分からぬが、つまり葵が利口で秀でた者だということであろう？」

「やっぱり分かってないんじゃないか！」

思わず机を手の平で打ちつけた。

「まあまあ、舟戸落ち着け」

とりなすように石黒が言って、おれはなんとか興奮を抑える。

「えー、その、……おじさんはお若いようですが、舟戸の親御さんのご兄弟ということでしょうか？」

石黒は広げていた資料を脇にどけると、黒鉄にそう質問した。先ほどは頷くばかりだった黒鉄も、これにはきちんと回答する。

「そのようなものです。紗夜子——葵の母の縁者です」

黒鉄は母さんが独身時代から飼っていた猫だ。

「それじゃあ、舟戸が小さい頃から交流はあったんですか？」

石黒が続けて問う。

「そうでもありません。葵のことは長らく遠い存在でした」

黒鉄はそう言うと、少しだけ目を伏せた。

遠い存在。それがどういう意味なのか分からず、つい話を続ける黒鉄の顔をまじまじと見つめてしまう。それは黒鉄が妖怪の正体を隠していたことと、関係があるのだろうか。

「葵の両親が死んだ時、ワシは仕事半ばでしてな。すぐに駆けつけることができず、ずいぶん寂しい思いをさせてしまった」

事故が起きた時、黒鉄は家出していた。帰ってきたのは、それからずいぶん経ってからだった。あの空白の期間になにがあったのかを、おれは未だに知らなかった。

「ワシは紗夜子と約束したのです。なにかあればふたりの代わりに葵のことを守ると」

黒鉄は目を上げて隣のおれを一瞥すると、石黒に向かってそう言った。

「約束は守らねばならぬ。それに、葵はワシにとって大切な家族なのです」

それを聞いて、胸が痛んだ。母さんたちを失ったのはおれだけじゃない。黒鉄も同じな

んだ。

「おれなんか……」

今さらになってそんな大事なことに気づいた自分が、ひどくみっともなく感じて、おれは顔を伏せた。やっぱりおれ、自分のことばっかり考えてる。

膝の上で制服のズボンをギュッと握っていると、隣から手がそっと伸びてきて、おれの拳《こぶし》を包んだ。顔を向けると、黒鉄の目と一瞬だけ目が合った。

「最近、舟戸はずいぶん明るくなったんですよ。ご両親が亡くなられてからはずいぶん塞《ふさ》ぎ込んでいたんですが」

石黒がそう話し始めて、おれも黒鉄もそっちを向いた。手は、すぐに離れていった。

「昨日そのことを話してた時、舟戸が、おじさんと暮らせて安心していると、言ってました」

「ほお」

「ちょっ、先生！」

ニヤリと、黒鉄が笑った。

そんなふうには言ってないじゃないか！　ていうかばらすなっ！　さっきは浩隆とのことで謝りたいとか言ったクセに、こっちのほうが告げ口としては重罪じゃないかっ！

「見ていると分かりますね。舟戸はおじさんには、安心して気持ちをぶつけたり、甘えたりできているんでしょう」

石黒は楽しそうに続けた。こっちを見ている黒鉄の視線を感じる。やけに顔が熱い。

「甘えてなんかいません」

黒鉄の視線を無視したまま、きっぱりと言い切った。

「甘えればよいではないか」

「嫌だよ！」

ツッコんだ拍子にそっちを見ると、黒鉄はやっぱりニヤニヤ笑っていた。

「舟戸は実際どうなんだ？」

「どうって……」

石黒に改めてそう訊かれ、おれは少し落ち着いてから答えた。

「その、……一緒にいてくれることには、感謝してます。さっき先生にも言ったけど、おれひとりだと、多分とっくに潰《つぶ》れてたから」

誤魔化《ごまか》したりするのはフェアじゃない気がする。でもやっぱりちゃんと語ると、やたら恥ずかしかった。なにせ、本人が目の前にいるのだ。

「いつでも話ができるとか、一緒にゴハン食べる相手がいるって、すごく幸せなんだって知りました。いろいろ、意見の食い違いもありますけど、くろ、……おじさんがいてくれてよかったです」

それでも、ちゃんと感謝していること、一緒にいられて嬉しいことを伝えたくて、なんとか最後まで言うことができた。

言い終わって黒鉄のほうを盗み見ると、横顔が嬉しそうに綻《ほころ》んでいた。


「お話ができてよかったです」

わざわざ校門まで見送りに来た石黒が、そう言って頭を下げた。

「こちらこそ。有意義な時間でありました」

袖の中で腕を組んだまま、黒鉄が答える。おれはそんなふたりの横で、なんとか無事にコトがすんで、内心胸を撫で下ろしていた。

と、そこで石黒が申し訳なさそうに切り出した。

「あのぉ、それで今さら失礼ですが、おじさんのお名前とご職業を伺ってもよろしいですか？」

そういえばそうだ。黒鉄は担任に、自分のことをなにひとつ説明していなかった。職業だって、一見すれば立派な成人男性なのだから、無職というわけにもいかない。

「あーっと、先生それは……」

なんとか誤魔化そうとしたおれを遮って、黒鉄がサラリと答えた。

「秋桐《あきぎり》と申します」

「へ？」

……あき、ぎり？

「仕事というほど大層なことはしておりません。葵の父と同じです」

おい、ちょっと待て！

「それじゃあ、学術研究ということで？」

石黒が驚いた声を上げる。ついでにおれも驚いた。父さんは大学教授をしながら、郷土史や民俗学の研究をしていたのだ。

「そうだったんですね。いやー、すごいな。舟戸、秀才一家なんだな」

「そ、そうですねー……」

嘘八百をすっかり信じてしまった石黒が、尊敬の眼差《まなざ》しで黒鉄を見る。おれはもうそれ以上なにも言わなかった。


家に帰り着く頃には、花曇りだった空からはしとしとと雨が降り出していた。

玄関を開けると、黒鉄はさっさと入り込んで居間に向かった。おれが追いつくと、すでに猫に戻って畳の上で伸びをしていた。

「さすがに疲れたのう」

姿勢よく座って、そんなことをぼやく。

「黒鉄。なんだよ、アキギリって」

おれは制服を脱いで鴨居《かもい》にかけながら、一番気になったことを訊いた。ほかにも言いたいことはいろいろあったが。

「旧《ふる》い名だ。長く生きると、通り名がふたつやみっつあるものだ」

黒鉄はそっけなく答えた。

「長く、ねぇ……」

それってどれくらいの年月なんだろう。

「猫の名前にしては、洒落《しゃれ》てるよな。それって、誰かがつけてくれた名前なのか？」

おれが出会う前の、黒鉄の名前。

おれは黒鉄のことをなにも知らない。この家で一緒に暮らした記憶はもちろんあるけど、たとえばどこで生まれたのか、一体どれくらい長く生きているのかはもとより、どうやって母さんと出会ったのか、おれや母さんたちと出会う前にどんなふうに生きてきたのか……

そういえばこの間浩隆に、母さんが生まれる前からこの辺に住んでいた、みたいなことを言っていたな。

「忘れてしまった」

おれから目を逸《そ》らして、黒鉄は短く言った。

「ふぅん……」

卓袱台《ちゃぶだい》に頬杖《ほおづえ》をついて、その横顔を盗み見る。ひげのピンと張った小さな顔は、なにかを思い出しているように見えた。

「別に、お前が昔なんていう名前だったとか、どうでもいいけどさ」

黒鉄の目が、チラリと動いてこっちを見た。

「だって、おれにとってのお前は黒鉄だもん」

驚いたように、紫色の目が大きくなった。それから黒鉄はおれのそばに来ると、膝の上に両前足を乗せて、後ろ足で立ち上がるような格好になった。

「ワシを黒鉄という名で呼ぶ人間は、お前だけでよい」

ついいつものクセで、その喉を撫でようとした手が止まる。

「な、なんだよ。それ」

真剣な口ぶりで、黒鉄は続けた。

「お前が呼ぶ名が、ワシの名前だ」

それを聞いて、一気に顔が熱くなる。まるで愛の告白だ。

「なに、変なこと言ってんだよ」

まっすぐな瞳《ひとみ》に見つめられ、おれはどぎまぎして目を逸らした。

「あと、そうだ！　なんだよ、父さんと同じ仕事って」

黙ってしまうのが怖かった。黒鉄がまたなにか言い出しそうで。

「口からでまかせに決まっておろう」

あっさり答えた黒鉄は、おれの膝から前足を下ろす。

「でまかせって……」

「それにしても」

突然、ポンッと大きな音がして、黒鉄の身体から煙が湧《わ》いた。

「わっ！」

真っ白い煙はすぐに収まり、黒い着流しの男が、胡坐《あぐら》の上に肘をついた姿で現れた。

「ワシはホッとしたぞ、葵」

紫色の視線が、おれに注がれる。

「え？」

黒鉄はそっと伸ばした手でおれの頬に触れてきた。

「お前がワシといて安心していると聞いてな」

指先が髪を弄《いじ》る。不思議とその手を拒む気持ちは起きなかった。

「なにがあってもお前のそばを離れぬと決めたが、お前が笑っておらねば意味がない」

ドキリと胸が鳴った。

「お前に厭《いと》われたのでは、意味がないのだ」

もう片方の手が、おれの腕を掴んで引き寄せる。吸い寄せられるように腰を上げてしまい、おれはハッと我に返った。

「待って。黒鉄、待てったら」

中腰で黒鉄の肩に手を置いてしまい、おれはそれ以上密着しないよう腕に力を込めた。黒鉄の手はおれの腰に回っていた。

「こうして触られるのは、嫌か」

低い声が問う。

「え、と……嫌っていうか」

さっきと同じだ。茶化したり、誤魔化したりできない。

「本当にお前が嫌だと言うなら、二度と触れぬ。約束しよう」

心臓が跳ねている。どうしてこんなにドキドキするんだ。おれは黒鉄の視線を避けるように俯いた。

「葵、ワシが嫌いか？」

黒鉄の手が、おれの両手を取った。それから左右の甲に、一回ずつ唇を押しあてる。その温かい感触にビクリと背筋が震えた。

「嫌いじゃ……ない」

辛うじて答える。思ったままの、嘘のない言葉。

シュルリと衣擦れの音がして、再び黒鉄の腕がおれの腰に回された。今度はそのまま強く引き寄せられる。

「あっ、待って……っ」

黒鉄がおれの首に顔を埋《うず》めた。吐息が肌をくすぐる。

「だめだ。もう待たぬ」

おれの身体を仰向けに押し倒し、黒鉄は耳元で囁くように言った。

「ワシがお前を抱きたいと思うのは、お前のことが愛《いと》しいからだ」

そのまま、耳たぶに歯が立てられる。

「ぅあっ」

鳥肌が立った。けれどそれは厭《いや》な感じじゃない。全然、厭なんかじゃない。

「……葵」

黒鉄の顔がおれの顔に近づいてくる。おれは、呼ばれるままに目を閉じた。見計らったように、黒鉄の唇がおれの唇を塞いだ。

「ん、……ふ」

柔らかい唇が、隙間《すきま》なく重なっておれの唇を食《は》む。

信じられない。信じられない。嘘みたいに、――気持ちいい。

おれの心を読んだみたいに、黒鉄の舌がそっと差し込まれた。一瞬怯《ひる》んで、全身が震える。

「……っ」

ゆっくり力を抜いて迎え入れると、黒鉄の舌がおれの舌を絡め取った。

クチュ、と濡《ぬ》れた音が頭の中に響く。

「っ、ふ……ぅん、んあ、くろが、ね」

絡まった舌が解け、上顎や歯列をなぞる。そのたびに腰が疼いて、頭の中で火花が散った。黒鉄の手がおれの耳を撫で、首筋を掠《かす》め、そのまま腹のほうへ下りて、ワイシャツの裾《すそ》から中へ忍び込んできた。

「あっ」

昨日と同じように、脇腹を撫で上げられ、声が漏れる。昨日よりずっと熱い指が、そのままおれの胸に伸びていって、誰も触れたことのない突起に触れた。

「あっ、う……っ」

思わず目を開けると、おれを見つめる黒鉄と視線がかち合った。慌てて顔を背けると、かすかに笑った気配がして、首筋を舌で舐《な》められた。

「ふぁ……あ、っ」

「葵、好《よ》いのか？」

熱い唇が肌を吸い、同じ場所を舌が這《は》う。シャツの下の指が、胸の突起を掠め撫で回す。

「あっ、あぁ……っ、黒鉄っ……」

黒鉄の動きに合わせて、勝手に声が溢れた。黒鉄はもう一度おれを呼ぶ。

「答えろ、葵」

「ん、わかんなっ……ぁ、あっ」

黒鉄はおれの首筋をきつく吸い上げた。開かされた身体が戦慄《わなな》いた。切なくて、目尻《めじり》がジワリと熱くなる。

「あつ、い……っ、身体、熱いよ……」

まばたきをして黒鉄を見上げると、ひとりでに涙がこぼれた。黒鉄は耳のほうへ流れた涙の導線にキスすると、おれの鼻に自分の鼻を触れされて囁いた。

「お前が愛おしい」

それからまたキス。深く、飲み込まれそうな。

おれもそれに応えた。ぎこちなく舌を伸ばして、黒鉄を捕まえようとしたが、逆に捕まってしまう。おれは腕を伸ばして黒鉄の背中にしがみついた。

「――っ！　あ、黒鉄っ」

密着した黒鉄の手が、おれの下肢に触れた。キスに翻弄《ほんろう》されていたおれは一瞬で我に返り、身を捩《よじ》った。

「どうして逃げる？」

「だ、だって、……んっ、あ」

触られてはじめて、そうされるのを待ちわびていたことに気づく。起ち上がりかけたそこを布越しに撫でられて、喉が仰け反った。

「はっ――あ」

黒鉄は片手だけで器用にベルトとホックを外し、ズボンの下へと手を滑り込ませた。与えられる感覚を予感して脚がガクガクと震える。

「やっ、だめ……っ」

おれの訴えを無視して、黒鉄の手が直《じか》におれ自身に触れ、確かめるように根元まで辿り、そのままそっと握り込んだ。

「ふぁっ！　あ、んっ」

しなやかな指にからめとられ、それはあっという間に硬度を増した。ゆっくりと上下させられ、甘い刺激が背筋を通って脳天に突き抜ける。

「くろがっ、あ、あぁっ」

「だめなのか？」

意地の悪い声が囁きかけた。

先端を擦《こす》られ、先走りが黒鉄の指を濡らした。その滑《ぬめ》りを借りて、黒鉄はさらにおれを追い立てる。逃げ出したい気持ちとは裏腹に、もっととねだるように腰が浮き上がった。

「だめでは、ないであろう?」

「はぁ、あっ、あぁっん」

いつの間にかズボンと下着は膝下までずり下ろされていた。シャツも胸までたくし上げられ、おれは黒鉄の前で素肌を晒《さら》して喘《あえ》いでいる。そのことを自覚すると途端に下肢への刺激が増した。

「葵、どうした……?」

おれの様子に気づいた黒鉄が、上から覗き込んだ。

「ん……、どうしよ……、黒鉄……気持ち、いいよぉ……」

見つめられて、胸が鳴る。悲しいわけでもないのに、涙がとめどなく溢れて、目の前がゆらゆら揺れている。夢の中にいるみたいだ。

黒鉄はおれ自身からようやく手を放すと、おれを組み敷いたまま自分の前を寛《くつろ》がせた。

「あ……」

黒鉄のそれは、おれのと同じように天を指して反り返っていた。黒鉄の手がそれを摑み、体液に濡れてヒクついているおれ自身に擦りつけた。

「ふぁっ」

「お前の姿を見て、ん……、こうなっておるのだ……」

熱同士が濡れた音を立てて擦れ合う。黒鉄のセリフが、頭の中をぐちゃぐちゃに掻き乱した。

「あうっ、ん、っんあ……」

擦れるたびに粘着質な水音が部屋に響く。黒鉄の動きに合わせて、そのまま昇りつめてしまいそうだ。

しかし黒鉄は不意に動きを止めた。

「ひゃっ、あ」

体液で濡れた指が、おれの後ろの孔に触れた。逃げを打って腰が揺れるが、それよりも早く黒鉄がおれの膝を抱え上げて固定してしまっていた。

「いっ……あ、っあ」

固く窄《すぼ》まったそこを解《ほぐ》すように、黒鉄の指が這う。指先で孔口が押されて、鈍い痛みが下肢を襲った。

「痛いか？」

心配そうな声が控えめに問う。

おれは力の入らない上半身を少しだけ上げて、なんとか首を横に振った。経験なんてないけれど、これからどんなことをするのか、なんとなく見当はついていた。

「ん……、大丈夫」

だからそう言って黒鉄に身を任せる。

「葵……」

伸び上がってきた黒鉄がそっとキスを落とす。いたわるような、優しいキスだ。

「くっ……んう、あ……」

細い指がまた、後孔の周りを刺激し始める。おれが痛みではない不思議な感覚を覚え始めた頃、黒鉄の指が離れて、もっと大きな質量がヒタリと孔口を捉《とら》えた。

「ぅあっ……あ」

押し開かれる痛みに、またも涙が滲《にじ》む。黒鉄がおれの顔の横に手をついて、荒い息の下から囁いた。

「葵、力を抜け」

黒鉄が昂《たかぶ》っているのを感じて、ゾクゾクと快感が湧き上がってくる。

「どうやっ、て……っん」

「ワシに息を合わせろ」

耳元で教えられ、言われた通りに黒鉄の呼吸に自分の呼吸を合わせた。

「はぁ……っ――ぅあっ」

何度目か深く吸った息を吐き出すと同時に、黒鉄がおれの中に進入してきた。

思っていたよりもずっと強い圧迫感に、意志とは関係なしに身体が強張《こわば》る。痛みから逃れるように、黒鉄の着物をギュッと握りしめた。

「く……ぅ」

呻きを聞きつけて目を向けると、苦しそうに目を伏せる黒鉄がいた。思わずその頬に手を伸ばした。

「はっ、はっ、あ……くろっ……ぁ」

名前を呼びたいのに、息が苦しくて言葉にならない。黒鉄の手が、頬に触れるおれの手を摑んだ。紫色の目が、ほんの少し、潤んでいるように見える。

「分かるか、葵……」

甘い声に問われて、おれは小刻みに数回頷いた。それで限界だった。鈍い痛みの奥に、なにか別の感覚が渦を巻いているのが分かる。

突然、黒鉄がおれの唇に食らいついた。受け止めきれず、唾液《だえき》が頬を伝う。

「ん、……う、ふ……んあ」

「——許せよ」

唇だけ放して、息の絡む至近距離のまま、黒鉄が短く言った。

「……え？　——うあっ！　あっ、ああっ！」

聞き返そうとするよりも早く、黒鉄が律動を開始した。浅いところを行き来するだけの動きだが、それでも痛みに目が眩《くら》みそうだ。

不意に、少しずつ深みに進んできた黒鉄の熱が、今までとは違う部分に届く。その瞬間、痛みの向こうに渦巻いていた快感が噴き出した。

「ひぁっ！　あんっ、あぁっ、あ、黒鉄、……黒鉄、ぇっ」

察したように黒鉄の動きが速度を増す。奥を抉《えぐ》られて、そのたびに涙と、自分のものとは思えない声が溢れた。

「葵……、泣くな……」

額に、瞼《まぶた》に、唇に、黒鉄のキスが降り注ぐ。でも応えられない。感じたこともない痛みと快感で、意識が朦朧《もうろう》としていた。

「やっ、あ、だめ……っ、黒鉄、いくぅ、いっちゃう」

追い立てられて、喉元まで快感がせり上がる。

「葵……、葵……っ」

耳元でおれの名前を繰り返しながら、黒鉄がおれの手に自分の手を重ねて強く握った。

「黒鉄、いっ——あ、あぁっ！」

ひと際深く突き立てられた瞬間、絶頂に押し上げられ、おれの半身から白濁が溢れた。

「っ……！」

一瞬遅れて、おれの肩口に顔を押しつけた黒鉄が、息を呑《の》んだのが分かった。

身体の奥に脈打つ熱が迸《ほとばし》った。

「は……ぁ」

そのまま、意識が暗転した。


『本当に大丈夫か？』

電話口の向こうで、生徒思いの担任が心配そうな声を出す。

「一日寝れば、治ると思います……はい、すみません」

布団にくるまったままケータイに向かって話しかけるおれの声は、実際風邪《かぜ》と見紛うばかりにしゃがれてしまっている。

『季節の変わり目だからな。大事にしろよ。じゃあ、おじさんによろしく』

「はい」

通話を切ったケータイを枕元《まくらもと》に投げ出すと、おれは布団の中でうつ伏せになった。

窓の外は晴れ渡っていて、長閑《のどか》なスズメのさえずりが聞こえてくる。

「いってぇ……」

腰は動かせないし、喉はガラガラ。脚も筋肉痛だし、腕もだるい。全身重症だ。

「……葵」

細く襖《ふすま》が開いて、隙間から着流し姿の黒鉄が顔を覗かせた。

「…………んだよ」

ジロリと睨《にら》んで返事する。嗄《か》れた喉からは、狙《ねら》ったものよりずっとぶっきらぼうな声が出た。

「粥《かゆ》を作ったのだが、食べられるか?」

そう言って、持っていたひとり用の小さな土鍋《どなべ》の載ったトレーを示した。おれの一瞥に怯《おび》えているのか、頭から生えた耳が横倒しになってしまっている。

「……食べる」

無視するという手もあったが、そうするには腹の虫が賑やかすぎた。黒鉄は目に見えてホッとした顔をすると、しずしずとトレーを運んで布団の横に座った。

「っつ……」

起き上がろうとした途端、腰に鈍痛が走る。

「無理をするな」

ヘナヘナと倒れ込んだおれの腰を、黒鉄の手が優しく擦った。

「……誰のせいだ、馬鹿猫ぉ……っ」

痛みで、黒鉄を睨む目尻がほんの少し潤む。

「う、うむ。多少、加減が行き届かなかったのは、その、……すまなかった」

なにが多少だ。気絶するまでやったくせに。正座した黒鉄に胸の中で毒づく。

「……もう、絶対あんなことしない」

洟《はな》を啜《すす》って、きっぱりそう呟いた。

「それは困る！」

途端に慌てた声を上げる黒鉄。

「おれは困らないもん」

むしろ、こんなことが毎回起こるほうが困るというものだ。身体がもたない。

「身体痛いし。疲れるし」

いいことナシだ。

するると黒鉄は、おもむろに持ってきたトレーを脇へどけ、ズイと近寄ってきた。

「……なんだよ」

「本当にすまなかった、葵。……だがワシは、心底幸せだったぞ」

控えめな手が伸びてきて、おれの顔にかかった髪をそっと払った。黒鉄の顔も声も本当に幸せそうで、こっちが情けなくなるくらい優しげで、おれはそれ以上の悪態を封じられてしまう。

「ずっと、お前を抱く日を待っていたのだ」

そう語る紫色の瞳を見ていると、昨夜のことが頭をよぎってカッと顔が熱くなった。

「恥ずかしいこと言うな、馬鹿」

「すまぬ」

掛け布団の中に頭まで潜り込む。黒鉄が、喉の奥で笑う声が聞こえた。

「葵」

「なんだよ」

布団に潜ったまま応える。頭のあたりを、手の重みが行き来するのが分かった。

「愛しているぞ」

「――っ！」

不意打ちの告白に、おれは布団の中で硬直してしまう。

そのまま応えることができずにいると、しばらくして、黒鉄はその場で立ち上がったようだった。

「……冷める前に食うのだぞ」

そう言った声が、部屋の出口に向かうのが分かった。

「ま、待てよ！」

おれは布団から顔の上半分だけ出して、絞り出すように声を上げた。今しも襖を閉じようとしていた黒鉄が動きを止める。

「葵？」

「腰がめちゃくちゃ痛くて、ひとりだと食べられないんだ。……ちゃ、ちゃんと介抱しろよな！」

言いたいだけ言って、やっぱり恥ずかしくなったおれは、もう一度布団の中に潜り込む。

噴き出すような笑い声が聞こえて、それから気配がすぐそばまで戻ってきた。

「葵よ、布団を被《かぶ》っておってはメシが食えぬぞ」

ポンポンと頭を撫でながら、黒鉄はそう言った。

「うるさい。馬鹿」

言い返して、おれは布団から手だけ出すと、黒鉄の手を摑む。抵抗しないので、そのままギュッと握って引き寄せた。

「あ、愛してるっていうのが本当なら、ちゃんとそばにいろ」

すると、二秒ほどの間を置いて、突然掛け布団が剝《は》がされた。

「我儘《わがまま》なやつめ」

目の前で、嬉しそうに顔を綻ばせた黒鉄がおれを見下ろしていた。

「お前が嫌だと言っても、離れてなどやるものか」

おれの手を握り返して、黒鉄はそう嘯《うそぶ》く。そして、横になったままのおれに唇を寄せた。

「やれるもんなら……っ」

言い返そうとしたおれの言葉は、黒鉄の唇に飲み込まれて、最後まで言えなかった。

第五話　シンク・オブ・ユー

遠くに居ても、君を想うよ。

遠くに居ても、君が笑っていれば、僕は嬉《うれ》しい。

とても、嬉しい。


七月に入り、夏休みが待ち遠しい暑い日々が続いていた。

待ち遠しいとはいえ、高校二年生の夏休みといえば夏期講習やら集中講座やら、心楽しくないことも待ち構えている。就職や進学といった将来について、同級生たちがほんの少しナーバスになっていく時期。

かく言うおれも、もちろん例外ではなくて。

できるだけ周囲に気を遣わせたくないし、自分が不安になるのも嫌だから、両親や頼れる親類縁者がいないことは、これまで以上に話題にしないようにしていた。

駄々を捏《こ》ねても仕方がない。無いものは無いのだ。その中でどうしていくか、だろう。我ながら子供らしからぬ境地に到達していて、なんだか可愛《かわい》げがないなぁと、こっそりため息してみたりする。

そんなふうに、ほんの少し憂鬱《ゆううつ》を孕《はら》む夏本番を迎えた我が家に、一通のエアメールが届いた。


「アメリカから？」

いくつかのダイレクトメールにまじっていたそれは、ニューヨークから来たらしい。表書きには、丁寧な筆記体でおれの名前が書かれている。

「イクオ……ニシゾノ……って、誰《だれ》？」

生まれも育ちも日本のこの街であるおれには、アメリカに知り合いがいた記憶はない。送り主の名前にも心当たりがなく、首を傾《かし》げながら家に入った。

玄関を入ると、土間の空気がヒンヤリしていて涼しい。今日も一日晴れて暑かったし、庭の花と植え込みに、もう一度水をやったほうがいいかもしれない。

「ただいまー」

留守番に聞こえるよう声を張り上げるが、反応はない。奥の二間に続くくれ縁の窓が一枚だけ、網戸になっている。けれど今日は風もないし、屋外の熱気を招き入れるだけになっていた。いつも通り居間に向かうと、真っ黒い猫が腹を出してひっくり返っていた。

「なんだ、いるじゃん」

カバンを下ろして、部屋の端に置かれた扇風機のスイッチを入れる。こちらの掃き出し窓も開いているが、やはり風は入らず、ムワリと生暖かい空気が停滞しているだけだった。

「暑いなら、扇風機使えばいいのに」

風を受けて、カーテンがはためく。

おれは台所に行って冷蔵庫から作り置きの麦茶を取り出し、コップふたつに注いだ。

「扇風機の風は、毛を乱すから好かんのだ」

居間に戻ると、むっつりと不機嫌な顔をした黒鉄《くろがね》が、卓袱台《ちゃぶだい》に片手で頬杖《ほおづえ》をついて座っていた。

まるで早着替えだ。

「そうやって、人間の姿であたってれば？」

首を振る扇風機の風が背中にあたるたび、長い黒髪がハラハラと踊る。黒鉄は表情を変えずに、麦茶のコップを手渡したおれのことをひと目睨《にら》んで、プイとそっぽを向いた。

「あ、そうか。ごめんごめん」

自分の麦茶をひと口飲んでから思い出した。家の中で留守番する時はできるだけ猫のままでいてほしいと、おれがお願いしたのだ。主な理由はご近所の目だ。できればこの同居人のことは世間に伏せておきたい。

なにしろ、黒鉄はただの猫ではなく、妖怪——化け猫なのだから。

「そうだぞ。ワシはお前の言いつけを守っているのだ」

恨みがましく言うと、黒鉄は冷たい麦茶を飲み下し、ようやく人心地ついたとでも言いたげに深く息を吐いた。

「うーん、あんまり暑いし、誰かに姿を見られないんなら……」

猫が暑さに強い生き物だとはいえ、ここまでぐったりした様子を見ると、正直可哀想《かわいそう》になってしまう。猫のままだと、麦茶も飲めないし、アイスクリームだって食べられない。

「心配するな。何度も言うが、正体がばれるようなヘマを、ワシがすると思うのか？」

卓袱台の上に乗り出して迫られ、その目があんまり真剣なので、本格的に同情してしまった。

「この間みたいに、ひとの姿で隣のおばさんに挨拶《あいさつ》したりしない？」

「せぬ」

「宅急便の受け取りもだめだぞ？」

「うむ」

力強く頷《うなず》く様子に、どこまで信用したものかと訝《いぶか》るが、ひとの目に触れて面倒になるのはおれよりも、むしろ黒鉄のほうなのだ。ご近所のひとたちに目撃される失態を何度か犯しているとはいえ。

「……じゃあ、留守番の時は、その姿でいてもいいよ」

お互いの利益の一致と、黒鉄の判断力を信用して、そう承諾した。途端に黒鉄の目が爛々《らんらん》と輝いて、口元が嬉しそうに吊《つ》り上がる。それを見て、おれの頭がほとんど自動的に危険を察知したのと、黒鉄がおれに向かって手を伸ばしてきたのは、ほとんど同時だった。

「ありがとう、あお――」

「さぁて、郵便物のチェックでもしようかな」

伸びてきた腕をヒョイと避けて、ポストに来ていた手紙類に視線を落とした。

白々しいと自分でも思うけど、だってどうしろって言うんだ。黒鉄の触り方は、すぐおれを変な気分にさせるんだもの。

ボディタッチを避けられた本人は不満そうな顔でこっちを見ているようだけど、そんなことはお構いなしで、いくつかの封筒を仕分けていく。

「あ、そうだ。これ」

用のないダイレクトメールの間からひょっこり顔を出したのは、赤青白のトリコロールカラーで縁取られた白い封筒。

おれはカバンの中からカッターナイフを出して、封の端を切り開いていく。

「それは読むのか？」

黒鉄がさして興味があるふうでもなく、そう訊《き》いた。

「うん。広告じゃないみたい」

中から出てきたのは、丁寧に折りたたまれた便箋《びんせん》一枚と、二枚の写真だった。写真を見て驚いた。

「これ、父さんと母さん？」

それを聞いた黒鉄が、慌てたように身を乗り出してくる。

片方の写真には、ちょうどおれくらいの年頃の男の子を間に挟んで、にこやかに笑っている両親の姿が写っていた。写真の中で、母さんは赤ん坊を抱いている。人物の後ろに写っている景色には覚えがある。稲村《いなむら》ヶ崎《さき》の海岸だ。江ノ電の駅のホームに立って、海をバックに撮影したらしかった。

「これは……たしかに毅《つよし》と紗夜子《さよこ》だな。紗夜子が抱いているのはお前だ」

黒鉄がその写真をおれの手から抜き取ったので、おれはもう一枚のほうを見てみた。ビジネスシャツにスラックスの若い男のひとがふたり、並んで肩を組んでいる写真だ。ふたりともシャンパングラスを持って、これ以上ないくらいにっかりと満面に笑みを作っている。こちらはどこかの倉庫か事務所のようで、素っ気ない白い壁に囲まれた部屋に、段ボール箱がいくつも積み重ねられていた。

「あ、これって、そっちに写ってるひと？」

黒鉄から一枚目を返してもらい、並べて置く。父さんと母さんに挟まれて立っている少年と、シャツの袖をまくってスクラムしている男のひとは、兄弟か親子みたいに同じ顔をしていた。男のひとふたりが写っている写真の日付を見ると、去年の年末のものであることが分かった。

「葵《あおい》、文の差出人は誰なのだ？」

黒鉄に言われて、今一度差出人の名前を読み上げる。黒鉄は、その名前に聞き覚えがないようだった。

「ともかく、中身読んでみる」

手紙の内容は日本語だった。

——葵へ
突然こんな手紙を出して、驚かせたんじゃないかな。
ぼくは西園郁生《にしぞのいくお》といって、舟戸《ふなと》紗夜子の従姉弟《いとこ》にあたる者だよ。
紗夜子姉さんと毅兄さんのこと、すっかり遅くなったけど、本当に残念だった。
今まで連絡もできずに申し訳ない。

葵はぼくのことを知らないかもしれないけど、ぼくと葵は一度だけ会ったことがあるんだ。覚えていないだろう？　君が生まれてすぐのことだよ。

葵はあの時から、紗夜子姉さんによく似ていたっけ。

それで、いきなりなんだけど、夏のうちに日本に帰るから、葵の家にお邪魔させてもらいたい。

姉さんたちに挨拶したいし、葵にも会いたいからね。そちらの夏休み前には、顔を出せると思う。

迷惑はかけないので、歓迎してくれると嬉しいな。

葵に会えるのを楽しみにしているよ。

西園　郁生

追伸
写真はぼくが高校生の頃に撮ったものと、去年ぼくの友人と撮ったものだよ。
会った時、全然顔が分からないよりかはいいと思ったので。

おれはその内容を二度黙読して、なにかの冗談じゃないかという気持ちでさらにもう一度読み返した。ゆっくり噛《か》みしめて読もうにも、あまりにあっさりとした文面の手紙だ。

「なんと書いてあるのだ？」

じれったそうに訊かれ、説明する。

「写真のひと、母さんの従姉弟だって。近いうちに、この家に来るって」

最後まで聞いて少し間を開け、黒鉄は怪訝《けげん》そうに眉《まゆ》を寄せた。それだけか？　とでも言いたげに。

「それだけ」

便箋を卓袱台に置いて、視線に応《こた》えると、ふたりしてしばらく無言になってしまった。

幼い頃から、父さんにも母さんにも頼れる親類縁者はいないと聞いていた。ふたりそれぞれに兄弟姉妹がいるというのも聞いたことがないし、友達や仕事仲間の結婚披露宴なんかに出席することはあっても、親戚《しんせき》の葬式や結婚式に呼ばれるということは、なかったように記憶している。

おれが知らなかっただけで、両親と親しい親戚がいたのだ。おれにとっても、そのひとは親しい親類になってくれるかもしれない。そう思うとにわかに嬉しく、心強い気分になった。

けれどその直後、その嬉しさに覆いかぶさるように不安が湧《わ》いてくる。父さんたちが死んだ時の、遠い親戚たちの冷たい態度を思い出したのだ。

「ねえ」

モヤモヤした気持ちから逃げたくて、黒鉄の顔を見上げた。

「なんだ？」

「父さんと母さんの話、して」

卓袱台の下に伸ばして投げ出していた脚を縮めて、膝《ひざ》を立てて座り直す。不安から身を守るように。黒鉄は袖の中で腕を組み、フム、と唸《うな》って目を伏せた。

「そうだな。紗夜子と毅の父母のことは聞いたことがあるか？」

「詳しくは知らない。ただ、もう死んじゃってるってことだけは、聞いたことあるけど」

両親は、それぞれの生い立ちについて、あまり語りたがらないひとたちだった。

「毅はお前が生まれる少し前に、紗夜子は今のお前よりも若い頃に、それぞれ父母を亡くしている。どちらも病だったと聞いている。毅の親と紗夜子の育ての親は、ふたりの婚姻を許さなかった。紗夜子は血縁者の中で夫婦になる相手を勝手に決められていたし、毅も似たような境遇だったそうだ」

はじめて聞く話だ。そんな、ちっとも文化的じゃない、昔話のようなことが実際にあるのか。しかも自分の親のことだなんて、にわかには信じられない。

黒鉄は懐かしそうに顔を綻《ほころ》ばせて続ける。

「ふたりはな、そばにいることも憚《はばか》られるほど、睦《むつ》まじい夫婦だった。この家でお前が生まれ、それまでのお互いの不遇を、それぞれに拭《ぬぐ》い取ろうとするかのように、寄り添って暮らしておった」

そのことなら、おれも知っている。出張で父さんがいない時以外は、必ず三人で食卓を囲んだし、おれが眠ったあと、この居間でちょっとした晩酌をするのも毎日のことだったようだ。それに、あのふたりが喧嘩《けんか》する様子を、おれは見たことがない。

『葵の父ちゃんと母ちゃんは、仲良しだよな』

と、親友に言われたことがある。よそはこうじゃないのかと知って、驚いたものだ。

「ふたりはお前のことを、ことのほか大切にしておった」

そのことに異論はない。両親がおれを大事にしてくれたことは、おれが誰より一番分かっている。

そのことと、おいてけぼりにされてしまったことは、別だけれど。

「お前がまだ今よりもっと幼い頃、みなで海水浴に行ったことは憶《おぼ》えているか？」

考えたところで詮ない恨み言を胸の中でひとりごちていると、不意に話題が変わった。

「うん。高校上がるくらいまでは、浩隆《ひろたか》の家族とみんなでよく行ったなぁ」

浩隆とその兄ちゃん、妹の愛梨《あいり》、それからおれ。家の近くの海岸で、四人で浮き輪やフロートに摑《つか》まって泳ぎの練習をしたり、ビニールのボールでビーチバレーごっこをしたりした。

おれの両親と尾崎《おざき》家の両親はとても仲が良かった。浩隆のお父さんは、子供たちと遊ぶのが上手で、泳ぎもとても上手かった。おれはクロールの泳ぎ方を、彼に習ったのだ。

「お前がガッコウに行き始めた年の夏だったな。紗夜子が夜も明けきらぬうちに起き出して、せっせと弁当をこしらえておった。形の歪《ゆが》んだ下手くそな握り飯であったが、相伴にあずかるとなかなか旨《うま》くてのぉ」

「母さん、料理苦手だったからな」

思い出して苦笑いしてしまう。黒鉄も懐かしそうに笑った。

唐揚げは必ず焦げていたし、厚焼き玉子が綺麗《きれい》に巻けていたことは一度もなかった。カレーが水っぽかったり、焼いた餃子《ギョーザ》が原型を留《とど》めてなかったりといったことは、一度や二度じゃない。それでもおれは母さんのごはんが好きだった。父さんも多分そうだったと思う。

「ワシは三人が出かけたあとの留守番を言いつかったのだが、ひとりでおってもつまらぬので、あとをついていったのだ。お前たちが波と戯れるのを、見つからぬように陰から見ておった。あの時は大層人出があってのぉ、浜は芋洗いの桶《おけ》のようだった」

おれは膝を抱えたまま目を閉じて、その様子を思い描く。

混雑する海水浴場、小さい頃のおれと浩隆たち兄妹、母さんが夏によく被《かぶ》っていたツバの広い布でできた帽子、ピクニックシートにパラソル、弁当の入ったバスケット、そういったお出かけの時にだけ使う大きな水筒と、そこに入った麦茶の冷たさ。それから、父さんに手を繋《つな》いでもらった時の安心感。

「お前やあの小僧たちが、大人の目の届かぬところに行ったり、波に攫《さら》われたりせぬよう、見ておった。そのうち、お前はなにを見つけたのか小僧たちの輪から外れて、ひとごみの中に走り込んでしまったのだ」

「え、おれ？」

「そうだ。小僧たちも気づいておらぬようだったので、ワシは岩陰から出て追いかけた」

方向感覚も覚束《おぼつか》ない子供が、よちよちとひとりで遠くに行って、迷子になるのはよくあることだ。自分では憶えのないその話に、おれはドキドキしながら聞き入る。

「お前はひとごみの切れた場所の、雑草の中にしゃがみこんでおった。そこにはミヤコグサやハマナデシコが咲いておってな、どうもそれを眺めておるようだった」

浜辺に咲く、黄色や濃いピンクの、小さな花のことだ。黙ったまま、続きを待った。

「近づいて足にすり寄ると、ワシに気づいたお前はこう言った。これを摘《つ》んで、母さんにあげるの」

声色を真似《まね》たセリフを聞いて、思わず口に含んだ麦茶を噴き出しそうになった。他人のことならきっと微笑《ほほえ》ましいエピソードだろうに、自分がそんなことを言ったのかと思うと、猛烈に気恥ずかしい。耳まで熱くて、つい膝に顔を埋《うず》めてしまう。

「……おれ、そんなこと言ったの」

「うむ。お前は母思いの良い子だったからな」

「あー、うーんと、そ、それで？」

褒められると余計に恥ずかしい。顔を隠したまま、慌てて先を促した。

「それでな、お前が黙々と花を摘んでいると、いなくなったお前を探していた大人たちが、ようやくその姿を見つけて駆けつけたのだ」

父さんと母さん、それから浩隆のお父さんが探していたらしい。血相を変えた大人たちに幼いおれはキョトンとして、母さんに向かって摘んだ花を差し出したという。

「不安で不安で、恐ろしかったのだろう。今にも泣きそうになっていた紗夜子が、お前のことをぎゅうぎゅうに抱きすくめて、弱々しく叱《しか》っておった。お前は最後まで、事の次第を理解していないようだったぞ」

そこまで言って、黒鉄は可笑《おか》しそうにくつくつ笑う。思い出しているのだ。

『くろがねが、むかえにきれくれたの』

幼いおれが言うと、ようやく思い至ったらしい両親が黒鉄を見つける。ふたりは自宅にいるはずの飼い猫が、迷子になった子供のそばに控えていたことに驚き、それからすっかり感激して、黒鉄のことをこれでもかと褒め称《たた》えたらしい。

「その晩、ワシの夕餉《ゆうげ》にはマグロの刺身が供された。小僧たちの家族と一緒の食卓だったが、ワシが一番良いところをもらったのだ」

誇らしげな黒鉄が可笑しくて、おれはちょっとだけ笑う。両親が黒鉄を大事にしていたように、黒鉄もふたりのことを大切に感じているのだ。

おれの摘んだ花はどうなったのだろう。

「あの野花は、紗夜子の鏡台に、花瓶に挿して飾られておった」

「……そっか」

畳んでいた脚を伸ばして、まるで映画を観終わった時のように長く息を吐く。なんだかくすぐったい心持ちで、でも悪くない気分だ。

「お前が父母思いの良い子であったように、あのふたりもお前のことを本当に大切に思っておった」

それで話はおしまいらしく、黒鉄も腕を解いて麦茶に口をつけた。

卓袱台の上に広げたままの手紙と写真。今聞いたばかりの昔話に力を借りたようだ。現金なことに、このひとが来るかもしれないことが、不安ではなくなっている。一緒にいてこんなにも両親が朗らかにしているひとが、嫌なヤツのわけがない。

「嫌ならば、来させなければよい」

横柄な口ぶりで、でも十全に伝わる心遣いを込めて、黒鉄は言った。

「うん……でも、大丈夫。そんなに怖くないよ」

もしも、このひとが嫌なヤツだったとして、いつかのようにおれの心が弱っていて、ひとりぼっちだったら、どうか分からないけれど。

「お前も、いてくれるしね」

心配そうに見つめてくる視線に、笑みで返す。

その反応は予想外だったのか、黒鉄はぱちぱちとまばたきしてみせた。それからオホン、といかにも偉そうに空咳《からぜき》して、神妙な顔つきになる。

「……褒美はもらえるのか？」

「マグロ！　……は、高いから、アジのお刺身」

卓袱台に乗り上がるようにして、即座に答えた。

一瞬お互い黙ったまま見つめ合って、それから同時に笑う。

「黒鉄がいてくれるから、平気」

おれにたったひとり残された家族。

妖怪だし、強引だし、いやらしいことしてくるけど、

「心配するな。お前を傷つけるような輩《やから》ならば、いつでもワシが追い払ってやる」

そんなふうに言ってくれる黒鉄が、おれには頼もしかった。いてくれることが、嬉しかった。

「期待しとく」

すっかり安心して、おれは息をついた。

安心したら腹が減って、それから冷蔵庫が空なことを思い出す。日が暮れかかって外の暑さも和らいできたし、晩ごはんの買い出しに行くことにした。

「買い物ならばワシも行こう」

「ダメ。家の中はいいけど、その格好で外出禁止」

「猫の姿ならば、問題はないであろう」

「アスファルトすっごい熱いんだぞ。肉球火傷《やけど》しちゃうだろ」

「平気だ。夏の日の歩き方ぐらい心得ておる」

「もぉー」

おいて行かれるのが嫌いなのだということはよく分かった。ここ何ヶ月かで分かったんだけど、ウチの化け猫様は思っていたより寂しがり屋なようだ。

長らく一緒に暮らしていても、まだまだ新しい発見があるもんだな。

なんだかんだと言い合って、買い物用の財布とエコバッグを持ったおれと、猫の姿に戻った黒鉄は並んで玄関に向かう。このまま ついてくると言い張るなら、スーパーに入る時にはこのエコバッグに入ってもらうことにしよう。そこまで考え三和土《たたき》に座って靴を履こうとしたところで、玄関のチャイムが鳴った。

「お客?」

こんな時間に、珍しい。

「どなたですか？」

スニーカーのつま先をトントンさせながら、すりガラスになっている引き違い戸を開ける。そこに立っていたのは、ほんの少し前に写真で見たばかりの――

「あ！」

「葵かい？」

問いかけに答える間もなく、おれはその来客に引き寄せられ、抱きすくめられていた。面食らって反応できずにいると、背中を手の平で叩《たた》かれる。抱きしめられたといっても、それは黒鉄がおれにするようなのと違って、もっとあっさりとした、挨拶のようなものに感じられた。

「あ、あの」

「ああ、ごめんごめん。つい嬉しくなっちゃって」

解放されて、改めてそのお客のことをよく見た。

間違いない。さっき見た写真に写っていた顔だ。背がうんと高い。黒鉄と同じくらいある。意志のしっかりしていそうな濃い眉に、彫りの深い目頭。二重《ふたえ》瞼《まぶた》と、大きな黒々した瞳《ひとみ》は母さんと少し似ている。黒髪をゆるい七三に分けていて、麻っぽい薄グレーの襟つきシャツの下に、真っ白いTシャツ、ラフなブルージーンズを合わせている。足元は茶色いレースアップのデッキシューズだ。

いかにも洗練されたオシャレな大人の男といった印象に、思わずおれは怖気《おじけ》づく。それでも、ついさっき写真で見たのと同じ、柔和な表情を浮かべているのを見て、気を取り直した。

「手紙は受け取ってくれた？」

「はい。ついさっき読みました」

このひとが間違いなく母さんの従姉弟というひとなら、訪問はもう少し先のはずだ。今日の今日でやってくるなんて、いくらなんでも早すぎやしないだろうか。

おれの疑問を察したのか、そのひとは頭を掻《か》いて明るく笑った。

「やっぱりねぇ。本当はもうちょっと間が空くはずだったんだけど、早く葵に会いたくてね。残っていた仕事をまとめて、すぐに日本行きの飛行機に乗ったんだ」

「はぁ……」

悪びれる様子もないので、なんだか拍子抜けしてしまう。

「西園郁生だ」

ずいぶん唐突に思えるタイミングでそう言って、そのひとは右手を差し出した。それが握手を求めているのだと理解するのに、まばたき二回分の間が要《い》った。

「あ、えーと。葵です。はじめまして」

おれがおそるおそる差し出し返した手を、そのひと——郁生さんは、強く握って嬉しそうに上下に揺する。

「はじめまして、は悲しいなぁ。まあ、はじめましてみたいなものだけど」

そう言って笑いながら、本当に悲しそうに眉だけ下げてみせた。ハリウッド映画の主人公みたいに。アメリカから来ただけあって、挨拶といい表情といい、日本人離れしている。

「あはは」

すっかり毒気を抜かれ、つい声に出して笑ってしまう。

「やっと笑ったね？ 葵、やっぱり、紗夜子姉さんによく似てるよ」

そのセリフは、自分でもちょっとびっくりするくらい、おれを嬉しい気持ちにさせた。

「にゃーう」

「あ、黒鉄」

不満そうな鳴き声に気づいて、足元を見下ろす。おれの足に尻尾《しっぽ》を絡めて、黒鉄が見知らぬ来客を睨んでいた。

「……にゃあ？」

郁生さんが訝《いぶか》しげに眉を寄せる。

「にゃう」

さらにひと声鳴いた黒鉄の声には、『誰だ、お前は』といった警戒の響きが込められている。威嚇《いかく》とまではいかないまでも、いつでも猫パンチを繰り出せる程度には緊張しているようだ。

「こら、黒鉄。さっき言ったろ？　母さんのお客さんだよ。郁生さんすみません、こいつは……」

「猫ぉーーーーーーーッ!!」

おれの説明を遮って、絶叫が迸《ほとばし》る。

黒鉄とおれは、揃《そろ》って背中の毛が逆立って、その場で飛び上がりそうに驚いた（現に黒鉄は飛び上がっていた）。そしてそんなおれたちの前で、郁生さんは後ろ向きにバッターンと倒れ込んでしまった。

めったに使うことのなくなっていた客間に、これまた押し入れの中でお茶を挽《ひ》いていた客用布団を敷き延べ、来訪したばかりの郁生さんを寝かせた。布団を用意したのはおれだけど、背の高い彼を担いで運んだのは人間の姿になった黒鉄だった。

「こんな怪しい者を、どうして家に上げたのだ」

「怪しくないってば。母さんの従姉弟だぞ？」

「ワシは会ったことがない。なにより、このワシの姿を見て卒倒するなど、無礼の極み」

手を貸してくれたとはいえ、猫と叫んで気絶した彼に対して、黒鉄は相当心証を損ねたらしい。そりゃあそうだろう。おれが黒鉄でも、あんな反応は面白くない。

「まあまあ……ともかく起きたら話を聞かなきゃ……」

とりなすように言って、仰向けのおでこに、タオルで包んだ氷枕《こおりまくら》を載せた。その冷たさに反応したのか、郁生さんが小さく呻《うめ》く。

「黒鉄」

「仕方ない……」

不承不承といった体ながら、黒鉄はおれの言いたいことを察し、立ち上がって部屋を出ていった。障子に映った男の影が見る間に縮んで、三角の耳をした小さな生き物の影になる。影が部屋の中を窺《うかが》える場所にチョコンと座ったところで、郁生さんが目を開けた。

「うぅ……ここは……」

「大丈夫ですか？　うちの客間です」

片手をついて布団の上に上体を起こすのに、手を貸す。

「あ、そうか。いやぁ、みっともないところを見せちゃったな」

「いえ……。平気ですか？　どっか痛いとか」

「うん。どこも問題ない。平気だよ」

そう答えて、郁生さんは恥ずかしそうに笑う。いざという時は救急車が必要かと身構えていたので、ホッとした。

「えーと、それで……」

「実はぼく、猫が苦手なんだ」

猫が、苦手。……姿を見て、気絶しちゃうくらいに？

犬に噛まれたことがあって怖いとか、そもそも小動物が好きじゃないとか、毛のアレルギーだとか（猫には特に多い）、そういったひとを見たことはあったけど、猫を見ただけで倒れてしまうようなひとにははじめて出会った。

そんなひとになんと言ったものか考えていると、郁生さんは腹にかけていたタオルケットを剝《は》いで、布団から起き上がった。

「そうだな。いろいろ積もる話もあるし、まずは姉さんたちに挨拶させてもらえる？」

おもてはすっかり暮れなずんでいた。夕方の気持ちよい風が、掃き出し窓から入り込んでくる。

仏間の襖《ふすま》を半分開けたまま、居間でお茶の準備をする。襖の向こうを覗《のぞ》くと、両手を合わせている背中だけが見えた。

そのうち仏間から出てきた郁生さんは、はじめこそ神妙な顔をしていたけど、卓袱台の前に座ると、おれに向かって柔らかく笑いかけた。

「去年の秋だったんだね」

差し出した麦茶を受け取って、半ばひとりごとのようにそう言う。

「そうです。九月でした」

　できるだけ事務的に受け答えする。正直、思い出すのはまだ辛《つら》い。台所に目をやると、板の間で座っているらしい黒鉄の、尻尾だけがガラス戸の向こうからはみ出していた。

「そうかぁ」

　寂しそうな言い方だった。乾いた笑いは軽やかなだけに、取り返しのつかない虚《むな》しさを感じさせて、なんと言っていいか分からなくなる。

「そういえば、ちゃんとした自己紹介がまだだったね」

　おれのそんな困惑を知ってか知らずか、郁生さんは思い出したように明るい声を出した。

「名前はさっき名乗った通り。紗夜子姉さんとは、父親同士が兄弟の従姉弟だよ」

　母さんの父親、おれのお祖父《じい》ちゃんにあたるひと。母さんが子供の頃に、死んでしまったという。

「姉さんには、子供の頃から良くしてもらってたんだ。親父《おやじ》や叔父《おじ》上たちは昔気質《かたぎ》で頭が固くてね。好きなことをして生きていきたいぼくや姉さんは、よく似たような理由で叱られていたよ」

　うんと小さな頃から海外の暮らしに興味があり、いつか世界中を放浪したいと考えていた郁生さんと、ともかく家から出て好きなように生きてみたいと願っていた母さんは、当時の大人たちから見ると異端そのものだったらしい。

好きなように生きてみたいというのは、いかにものんびり屋でマイペースだった母さんらしい夢だ。それが異端に見えてしまうような厳しい家だったのかというのが、まずひとつ目の驚きだった。

「叔父上たちが亡くなってから何年か、姉さんはうちで暮らしてたんだよ。ぼくは小学生だったから、突然お姉ちゃんができたみたいで嬉しかったなぁ」

懐かしそうな口調は明るくて、湿っぽい様子は窺えない。

郁生さんが言う「姉さん」という呼び名は聞きなれないものだったけど、いかにも親しげで、尊敬する部活の先輩へ向けるような礼儀正しい距離が感じられた。

子供の頃の母さんが、おれが知っているのと同じようにおっとりした優しいひとだったと聞いて、嬉しくなる。母さんは五歳年下の郁生さんに勉強を教えてあげたり、一緒にお菓子を作ってあげたりと、本当の姉弟のように仲良くしたらしい。そんな温かな過去が母さんにあったことが、ふたつ目の驚き。

「ただ、ひとつね――」

郁生さんの話す母さんのエピソードは陽気で明るいものばかりだった。すっかり聞き入っていたおれは、その口調がにわかに曇ったことでハッとする。なにかとても言いづらいことを言おうとしているような口ぶりだ。

おれの様子をチラリと見やり、とても言いにくそうな様子を見せてから、郁生さんは口を開いた。

「姉さんは猫が大好きだった」

「……はい……」

知っている。なんたっておれの猫好きは母さん譲りなのだ。それが、なにか問題だったのだろうか。同居していた叔父さんたちとの、諍《いさか》いの種になっていたとか。

「ぼくは昔から猫が嫌いだったっていうのに」

かすかに憤慨を滲《にじ》ませた言い方だった。胸の前で腕組みし、郁生さんは理解に苦しむというような表情になる。

「……はぁ……」

相槌《あいづち》を打つが、首を傾げてしまったので、気の抜けた鼻息のようになってしまう。

「そこだけは意見が合わなくてね、喧嘩……とまではいかないけれど、よく対立したよ」

その表情は、兄ちゃんと喧嘩して敵《かな》わなかった時の浩隆を思わせる。真剣で、子供っぽい表情だった。

「そんなに猫が嫌いなんですか？」

おそるおそる訊いてみる。訊きながら台所のほうに目をやると、長い尻尾がアンテナみたいに高く立っていて、黒鉄がこっちの会話を注意深く聴いているのが分かった。

「五歳の頃、猫に襲われたことがあるんだ」

なんでも近所の公園にいた野良の子猫を抱いて遊ぼうとしたところを、猛獣のような唸り声とともに現れた母猫に襲いかかられ、公園中を追いかけ回されたそうだ。

「あれは恐ろしかったよ。あんなに小さいのに、爪《つめ》で引っ掻かれた傷からは、ずいぶん出血したんだ」

そう言って、郁生さんはジーンズの裾《すそ》をほんのちょっとめくってみせた。長年かけても消えないらしい引っ掻き傷の痕《あと》が、アキレス腱《けん》の上あたりにくっきりと残っている。

「子育て中の猫は殺気立ってるからなぁ」

いかに猫好きで近所の野良たちとも仲良くしているおれも、子猫を連れた固体には構わない。子猫が一匹でいるのを見つけても、そばで親が見ているとも限らないので、絶対すぐには近寄らないことにしている。人間の臭《にお》いが移るのを、母猫はとても嫌がるから。

それらを簡単に説明し、攻撃的な一面だけが猫のすべてではないと、遠回しに付け足してみる。

「猫は情に篤くて、賢い生き物ですよ」

すりガラスの引き戸の向こうに座る黒鉄に、チラリと視線を送りながら。

「寂しがり屋で、甘えん坊だし」

「うにゃあ」

尻尾が床を叩く音と不興げな鳴き声が、台所のほうから飛んできた。

『余計なことを言うな』

とでも、言いたそうな声だ。

それを聞いて、おれは可笑しくて噴き出したけど、郁生さんは怯《おび》えたように肩を跳ねさせ、背後を振り返っていた。黒鉄がその場から動く様子がないことを確認するまでじっとそちらを見ていたけど、そのうち安心したのか、額を腕で拭いながら正面に向き直る。本当に、重度の猫嫌いのようだ。

「猫は怖くないですよ？」

「姉さんにもそう言われたよ。でも、無表情で、なにを考えてるか分からなくて、得体が知れないじゃないか」

たしかに得体は知れないかも。なにせ年経ると化けるくらいだ。まあ、それはおいといて。

「慣れてないと、無表情に見えるのかな？　おれには、すごく表情豊かに思えるけど」

お腹が空《す》いた、遊べ、抱っこしろ、放っておけ。楽しい、気持ちよい、悲しい――。人間と同じだ。

「分かったものじゃないよ。それに、アメリカやイングランドでは、猫には不吉な言い伝えがあるんだ。猫が暖炉に背を向けると嵐《あらし》が来るとか、夜道で白猫に出くわすと不幸になるとか、猫が身体《からだ》の上を跨《また》ぐと病気になるとか」

どれもはじめて聞く話ばかりだ。思わず感心してしまう。

「そういった迷信がたくさんあるってことは、猫がそれだけ不気味な生き物ってことだろう？」

「う、うーん」

納得したくないけれど、否定もできない。猫にまつわる迷信は、たとえば犬のそれに比べても断然多いと思うし、事実、普通と違う猫がすぐそこに座っているのだ。

黒鉄の正体なんて知った日には、郁生さん倒れるどころじゃすまないかも……

なんにせよ、猫に対しての偏見を持たれたままなのは悲しい。

「黒鉄、おいで」

郁生さんがギョッとした顔になって振り返った。すりガラスの向こうで立ち上がった黒鉄が、おれたちを見つめている。うるさいのが嫌だし、知らない人間がいるので、警戒しているのだ。

「あ、葵……」

途端に落ち着きを欠いた郁生さんから距離をとる形で迂回《うかい》して、黒鉄はおれの膝元に寄ってきた。

「黒鉄は、母さんがずーっと大事にしてた猫なんです」

そんなおれのセリフに、警戒してお互いを凝視し合っていた黒鉄と郁生さんが同時にこっちを見た。

ツヤツヤの背中を撫《な》でて、喉元《のどもと》をくすぐる。すると黒鉄は気持ちよさそうに目を細めて喉を鳴らした。母さんも家事の合間に、ここでこうしていた。もしくは、そこの濡《ぬ》れ縁に腰かけて。学校から帰ってきたおれを、黒鉄を膝に乗せて日向《ひなた》ぼっこしながら迎えてくれた姿は、今でも鮮明に思い出すことができる。

「だからってわけでもないですけど、あんまり頭ごなしに嫌わないでやってください」

母さんとの思い出を持っているひとに、黒鉄が嫌われているのは、悲しい。

「……そう、だね……ちょっと大人気なかったかもしれない。ごめんよ、葵」

照れたように笑って、郁生さんは頰《ほお》を搔いた。

「ちょっとだけ、黒鉄に触ってみます？」

お互いに歩み寄れたようで嬉しくて、ためしにそう提案してみた。

「えっ」

黒鉄も、『えっ』という顔でこっちを見上げる。お前までそんなに嫌がることないだろ。

「にゃーっ」

『冗談ではないぞ』

低めた鳴き声の下から、そんなセリフが聞こえてきそうだ。今にも人間の言葉で文句を言い出しそうな黒鉄の身体を、さっと掬《すく》い上げて抱きかかえる。お尻《しり》を安定させてやる抱き方で、正面にいる郁生さんをまっすぐ見る姿勢になるやつだ。

「黒鉄、母さんの従姉弟だよ。挨拶しよう」

ちょっと白々しかったかな。

たのむよ、という気持ちを込めて、撫でる代わりに小さな頭のてっぺんに鼻先を擦《こす》りつけた。ピンと張ったひげが上下して、紫色の目が、『仕方がない』とでも言いたげにこっちを見やる。

「そっと撫でてあげてください。よろしくの握手じゃないですけど、仲良くしようみたいな感じで」

郁生さんは引き攣《つ》った笑みを浮かべているが冷静さは保っているようで、いきなりひっくり返るなんてことはなさそうだ。

「ど、どうすればいいのかな？」

オシャレで話し上手な大人の印象は消えて、今や完全に怯える子供の顔になっている。

「頭を撫でてあげればいいです。そーっと。乱暴にしなきゃ、引っ掻かないし、嚙まないから」

アドバイスすると、郁生さんはそのまましばらくためらったあと、ついに意を決して黒鉄に向かって手を伸ばした。腕の中で黒鉄が身を固くしたのが分かる。

その手はカタツムリが這《は》ってくるほどゆっくりで、しかももう正視すらできないのか目

をギュッと閉じてしまったので、指先がなかなか辿《たど》りつかない。

「えーと……」

振り返った黒鉄と目を見合わせる。どうしたものか。

すると、黒鉄がおもむろに前足を伸ばして、郁生さんの手に触れた。爪も出さず、ごく優しく、モフモフポンポンといった感じに。郁生さんの身体がビクッと跳ねて、頬を汗が伝った。それから閉じていた目がソロソロと開く。そこにはもちろんおれと、手に手を触れたままの黒鉄が――

「～～～～ッ！」

声にならない叫び声を上げると、郁生さんは素早く立ち上がり、掃き出し窓から庭に飛び出していった。

「あらぁ……」

「……ワシは悪くないからな」

「うん。なんか、ごめん」

窓の外を見ると、ツツジの生垣の向こうにしゃがみ込んでいるらしい頭の先だけが覗いているのだった。

「そ、それで。本題なんだけどね」

郁生さんはなんとか落ち着きを取り戻し、元いた場所に座ると、新しく注ぎ直した麦茶を前に、あらたまって切り出した。

本題があったのか。

自分の麦茶に口をつけて、話を待つ。黒鉄はさっきと同じように、台所のほうへ行ってしまった。板の間はここよりも涼しいようだ。

「葵、ぼくと一緒に暮らさないか？」

「えっ⁉」

思ってもみなかった内容に、思わず大きな声が出た。

「アメリカに住んでるって言っただろう？　ぼくは友人とちょっとした商社を経営してるんだけどね、市場調査やら顧客開拓のためにあっちに駐在してるんだ。もうすぐ二年になる」

自分の住む世界にはまったく縁のない言葉が並ぶ。

そのアメリカ駐在が終わって、間もなく郁生さんは日本に帰国するのだという。

「今日明日すぐにってことじゃないんだ。残った仕事を終えてからだから、クリスマスはこっちで過ごせるんじゃないかと思ってる。葵さえよければ、来年から一緒に暮らせるよ」

さらに郁生さんは県内の、おれの学校から電車で四十分ほどのところにある大きな街の名前を挙げて、そこにマンションを借りようと思っていると言った。

「そんな、急に言われても……」

この家を出ていくことなんて、まったく考えたことがなかった。話を聞きつけた黒鉄が、いつの間にかおれの視線の先、台所の床に姿勢よく座って、こっちを見ていた。

「葵、高校二年生だろう？　進学のことだってあるし、その先のことだって決めなきゃ。本来ならおれの親父たちが一緒になって考えてあげないといけないことだけど……あのひとたちにそれは望めないから」

伯父さんたちのことを話す時、郁生さんは苦虫を噛み潰《つぶ》したような顔になる。

それはたしかにそうだ。おれはあのひとたちを頼るつもりはなかったし、相談したところで、おれの望むような進路や生き方を許してもらえるとは思えない。そしておれは、そういった面倒を排したとして、この先思った通りに生きられるかどうか、たしかに不安なのだった。

「お金のことだってあるし、もちろんそれだけじゃない。葵、将来どうなりたい？　なにをしたい？　その希望を通すには、ある程度準備が必要なんだ。なんとなくで周りに流された選択をして、望まない人生を送る羽目になったひとがどれだけ多いことか……。ぼくは葵にそんなふうになってほしくないんだ」

自分と暮らせばそういった相談にいくらでも乗ってあげられるし、アドバイスもしてあげられると、郁生さんは熱っぽく続ける。

担任の石黒《いしぐろ》とか、親友である浩隆やその家族、そしてもちろん黒鉄。彼ら以外で、こんなふうにおれのことを考えてくれるひとに、はじめて出会った。しかも郁生さんは、初対面だし血の繋がりも薄いけれど、れっきとしたおれの血縁者なのだ。

そのことに感動しなかったと言ったら、当然、嘘《うそ》になる。

「えっと、その……」

「それにしても、本当に親父たちには呆《あき》れるよ。ぼくに姉さんたちの訃報を伝えてくれなかったことはまだしも、両親を亡くした葵を放っておくなんて。おかげで葵はこんな寂しい家にひとりっきりだ」

それは事実とは違うことだった。自分でこの家に残ることを決めたのだ。でもともかく、自分のことで誰かが怒ってくれていることが、ひどく嬉しかった。黙ったまま、話を聞いていた。

「ともかくぼくが日本に戻ったら、葵に心細い思いはさせないよ。高校生が……子供が、こんな寂しい家にひとりでいちゃいけない」

強くそう言われて、嬉しさに顔がにやけそうになってしまう。

舞い上がって話の主旨に言及することも忘れたおれを、黒鉄がじっと見ていた。

ホテルを取っているらしく、郁生さんは長居したことを詫《わ》びながら帰っていった。明日はもう少し早い時間に来て、ふたりで母さんたちの墓にお参りに行くことになった。

遅い夕食をすませ、自室の机の前で、手紙に入っていた写真と「進学相談について」と書かれたプリントを、並べて眺める。

「嬉しそうだのう」

黒鉄が膝の上で丸くなったまま、こっちを見上げている。

「んー……なんかさ、兄貴ができたみたいで、ちょっとね」

頬杖をついて眺めるプリントには、なにも面白いことは書いていない。いつまでに希望を出せとか、夏休みに入ったら個別面談があるとか、むしろちょっぴりゲンナリするような内容だ。年上の兄弟がいたら、こういったことを気軽に相談したりできるのだろうか。

「ワシはあやつのことは好きになれぬ。いつも来る小僧のほうが、ずっと可愛げがある」

「そんなふうに言うなよ。母さんの従姉弟だぞ？　おれには、えーと、はとこ、か」

つまらなそうな目がおれのことをチラリと映し、それからプイと逸《そ》らされた。郁生さんがいなくなってもまだへそを曲げているらしい真っ黒い後ろ頭を、宥《なだ》めるつもりで軽く撫でる。

「将来どうなりたいか、ねぇ」

その問いかけは画期的だった。大学を受験したり就職面接を受けたりする自分を想像することはあっても、大人になって、好きなように生きている自分を想像したことはなかったから。

「勉強は好きだけど、進路のことを考えると気が重いのはたしかだし」

言葉とは裏腹に、ちょっとだけワクワクした。自分のこれからに希望が見えたような気がするのだ。

不意に、手の中にあった抵抗がなくなる。あれ、と思う間もなく、今度は膝から重みが消えて、見てみると、黒鉄が部屋を出ていこうとするところだった。

「黒鉄？」

「……そうだな。お前を守るというても、ワシは人間の社会では無力だ」

「え？」

「あやつの助けを借りるというのなら、それもまたいいかもしれぬ」

「なぁ、なに言ってるんだ？　くろ……」

振り返りもせず、小さな後ろ姿はドアの隙間《すきま》から出ていってしまう。言い残したセリフには、らしくない沈んだ響きがあった。立ち上がって、そのあとを追いかける。

居間の濡れ縁に、着物姿の男が腰かけていた。涼しい弱い風が吹いて、カーテンの端が揺れる。満月まであと少しの月が、雑木林の上空に浮かんでいる。

返事をするどころか、こっちを見るつもりもないらしい黒鉄の様子に小さくため息して、その隣に腰を下ろした。横目で見ると月明かりの欠片《かけら》が、整った横顔をくっきりと浮かび上がらせている。

見惚《みと》れてしまったことには、気づかないふりをした。

「怒ってるの？」

おれが、あのひとの言葉に嬉しくなったりしたことに。

暗がりの中で濡れて光っているように見える紫の目が、さっと動いておれを映し、それからすぐ元の位置に戻る。頑《かたく》なな口は、それでも開くことはないようだ。おれは笑いまじりに息をこぼすと、脚を投げ出して空を蹴《け》る真似をした。

「郁生さんみたいなひとが兄貴だったら、楽しいんだろうなぁ」

一緒に勉強したり、休みの日に買い物に行ったり。服を選ぶのを手伝ってもらうのもいい。浩隆は兄弟でよくテレビゲームをしていた。兄ちゃんは強くて、おれが混じって対戦しても、絶対に一位を譲らない。

「兄が欲しいのか？」

不服そうな、不可解そうな声。

「欲しかった」

笑ってしまったのは、黒鉄の質問が可笑しかったからだし、勝ち誇って威張っていた浩隆の兄ちゃんの顔を思い出したからだ。

「では、あの男とともに行くというのか？」

怒ったような切羽詰まった声に驚いて、そっちを見た。

「………行かないよ？」

おれの目は多分、点になっていただろう。おれの返事を聞いて、黒鉄の目も点になる。

一瞬だけ、庭全体の時間が止まった気がした。

「黒鉄、もしかして勘違いしてるだろ？」

それで腹を立てていたのか。

「たしかに将来のことを相談できるのは魅力だよ。この先のことを考えたら、ひとりでできることは少ないし。協力的な大人がいるってだけで、高校生のメンタルは大いに助かります」

わざとらしく、進路指導の教師の口調を真似てみる。

「ワシには、できぬことなのだろう？」

困惑しきった、普段あんなに鷹揚《おうよう》で不敵な黒鉄とも思えない、弱気な発言。

「あやつの助けが必要で、あやつを兄のように思うならそれもよいのかもしれぬ」

「兄貴は欲しかったけど、今はいらない」

間髪を容《い》れず、はっきりと言ってやった。

多分おれは贅沢《ぜいたく》なのだ。兄貴みたいな存在を欲しがって、そのひとに庇護《ひご》してもらえるかもしれないことにぐらついて、でも、こうして黒鉄と並んで座り静かに月を眺める夜を、失いたくはなくて。

「郁生さんの話はすごく条件がいいと思うけど、じゃあお前はどうするんだよ。猫嫌いなひとと、化け猫と、三人暮らし。無茶すぎるだろ」

想像したら笑ってしまう。想像だったら笑えるけど、実行するのはごめん被りたい。

「それとも、お前だけここに残していくの？」

そんなこと、想像したくもない。

「おれはここにいるよ。父さんと母さんと黒鉄と、みんなで暮らしたこの家に」

郁生さんの話に嬉しくなったのは事実だけど、おれの考えははじめから変わっていない。

「母さんたちが死んでさ、伯父さんたちが来た時にね、言われたんだ。猫はお前を養っちゃくれない、四の五の言わないで言う通りにしろって」

隣で黒鉄がこっちを見ている気配。

「でもおれにとって黒鉄はずーっと家族だったからさ、全部突っぱねたの。ひとりでもここに残るって。それに、伯父さんたちはおれのことを考えてくれたのかもしれないけど、やっぱり嫌だったな。だって父さんと母さんが死んだってのに、誰が引き取るのか相続はどうするのか、それればっかりだったんだもん」

思い出してもうんざりする。でも、あのひとたちに悪意があったとは思わない。ただあの時、たしかにおれはお荷物だったのだ。駆け落ちしたふたりの間にできた子供。そのふたりは無責任にも、ある日突然死んでしまった。そりゃあ、誰も関《かか》わりたくなかっただろう。ここに残ってよかった。帰ってきた黒鉄を迎えられたこと、おれの思い出を守れたこと、そして今もふたりでここにいられることを、心からよかったと思う。

横を見ると、黒鉄と目が合った。眉間《みけん》にシワを寄せて痛みを我慢するような、変な顔になっている。

「黒鉄が帰ってきてくれた時、すごく嬉しかったよ。すごく、すごく。あぁ、元通りだ。半分になっちゃったけど元通りだ、って思ったんだ」

「元通り？」

ザァッと風が強く吹いた。湿気を孕んだ、むせ返るような緑の匂《にお》い。

そっと身体を傾けて、黒鉄の肩に頭を預ける。

「そう。父さんと母さんと、おれと、そんで黒鉄。ふたり減っちゃったけど。元々の家族の形だろ」

「葵……」

子供みたいに指を折って数えたおれの肩を包むように、大きな手が添えられた。

「なあ、妖怪って死ぬの？」

その手に自分の手を重ね、体温と肌触りを確かめながら、訊いてみる。あえて子供じみた声で、無邪気ぶって、いかにも稚拙《ちせつ》に。

「それは、……そうだな。それでも、人間よりずっと長く生きる」

言葉の間に挟まったわずかな間に、黒鉄の優しさを垣間見る。

こんなことを訊いてごめん。胸の中でそう謝った。

「じゃあ、よかった」

長い指に、自分の指を絡めた。引き止めるように。どこかに行ってしまわないように。

「もうひとりになるのは」

――大事なひとがいなくなるのは、

「嫌だから」

黒鉄の手がクルリとひっくり返り、そのままおれの手を捕まえた。

「ひとりにはさせん」

あ、キスされる――

気づいた時には、黒鉄の唇がおれの唇に重なっていた。

「ん……」

隙間なく合わさった唇は温かくて柔らかい。防ぐ間もなく、スルリと入り込んできた黒鉄の舌が、誘うようにおれの舌先に触れる。ドキドキしながら応えると、頭の中に唾液《だえき》の絡まる音が響いた。指を絡めた手に力を入れる。息がうまくできなくて、そうしないと溺《おぼ》れてしまいそうだ。

「んんっ……」

濡れた音とともに唇が外れる。目の前がチカチカする。身体中の力が抜けて、座ったまま後ろ向きに倒れそうになるのを、黒鉄が後ろ頭に手を添えて支えてくれた。

「ひとりになど……させない」

熱い息が、力が抜けてそっくり返った喉にかかる。

「ふぁ……」

ぬめった感触が首筋から鎖骨へと下りていく。いつの間にかTシャツをまくり上げられて、腹と胸が夜風に晒《さら》されていた。肌の上を行き来する指に翻弄《ほんろう》されて、勝手に身体が震えた。

「ま、待って。ここじゃ……」

あっという間に底をついてしまいそうな理性を総動員して、着物の袖を摑む。裏庭とはいえ屋外だ。このままじゃ、縁台の上で事が始まってしまう。

「そうだな。たとえ月にさえ、お前のそのような姿を見せたくない」

「はっ……！」

恥ずかしいこと言うなっ！　というセリフは、いきなり抱き上げられた驚きで、喉の奥に引っ込んでしまう。黒鉄は横抱きにおれを抱えると大股《おおまた》で縁台を跨ぎ越し、そのまま部屋へと入っていった。今日は早寝のつもりだったから、部屋には布団が敷いてある。そのことを思い出したのはドアの前で、慌てた時にはもう、布団の上にそっと身体を下ろされていた。

「怯えておるな？」

身を守るように丸くなったけど、折り曲げて胸の前に揃えた腕を摑まれて身体を開かされた。

「怯えてなんか……」

強がったわけじゃない。怖くなんてなかった。ただ、ドキドキしているだけで。

「そうか」

黒鉄は面白そうに笑い、おれの首筋に顔を埋める。耳のすぐ下にチリリと熱が走って、思わず立てていた膝が震えた。満足そうな顔が伸び上がってきて、ポツリと言う。

「案ずるな。優しくしてやる」

柔らかく笑った目が潤んでいるように見えて、どうしてかは分からないけど、苦しくなる。空いていたほうの手を伸ばして、頬に触れた。そうしないではいられなかった。

そんな目で見るなよ。そんな、幸せそうな、切なそうな目で。

「できるだけ、だがな」

言うが早いかTシャツの裾から大きな手が滑り込んできた。

「ひゃ、あっ」

脇腹《わきばら》を掠《かす》めた感触は思いがけず冷たい。それはおれの身体が火照《ほて》っているからだ。まっすぐ上を目指す手に押し上げられてどんどんTシャツがめくれ上がり、黒鉄は腹の上に次々とキスを降らせる。

「く、くすぐったいっ」

「ん？　どこがだ？　ここか？」

笑う鼻息が、敏感になっている肌をさらにくすぐる。身体を捻《ひね》って逃げようとするが、押さえつけられていて逃げられない。へその横に、脇腹に、あばらの上に、それから――

「あっ！　ふ、ぁっ……」

「ここか？」

胸の先に、窄《すぼ》めた唇が吸いついた。奥から這い出してきたびっくりするほど熱い舌が、そこをぬるりと舐《な》める。腰が震えて、両脚の間にいる黒鉄のことを無意識に締めつけてしまう。

「あ、あっ、あぁっ」

片方を唇と舌で、片方を指で責められ、声が勝手に高まる。腹の奥が熱い。突起の先から気持ちよさが染み出して、ホットケーキに落としたシロップみたいに、身体中に染み渡っていく。

黒鉄の脚がおれの太腿《ふともも》を押しやって大きく割り開かせる。一瞬ためらってから、その動きに合わせて身体を開く。進み入ってきた黒鉄の中心が熱く脈打っているのが布越しに押しつけられ、その感触にさえ感じてしまう。

「お前は感じやすいな」

脚の間に座り込んで高いところから見下ろしながら、黒鉄はそう言って笑った。

「うるさいっ」

恥ずかしくて悔しい。本当のことなので、文句は言えても反論できない。横を向いて目を閉じた。

「愛《う》いやつ」

素早く耳たぶを甘噛みされて、不意打ちにまたやらしい声がこぼれた。胸の上で遊んでいた手が、ゆっくりと下に伸びていく。ジャージと下着を引き下ろされて息を呑《の》んだ。

「や、あぁっ！」

とっくに反応を示しているそこを柔く握り込まれ、それまでとは比べものにならないくらいの快感が背筋を走る。

「あぁ、あ……っ、く」

ゆるゆると擦られて、口を押さえても声はあとからあとから溢《あふ》れてきた。自分の声と濡れた音が耳について、今なにをされているのかを思い知る。先走りのこぼれる先端を抉《えぐ》られた時には、まるで玩具《おもちゃ》みたいに身体が跳ねた。

「それ、あんまりしないで……っ」

勝手に滲んでくる涙で視界がぼやける。

「……手ではだめか？」

そのセリフを残して、黒い影がぼやけた視界から消えた。すぐに下肢への刺激が止《や》み、ホッと息を吐いたその直後だった。

「ひっ、あぁ！」

生温かくぬめった粘膜が、おれ自身を包み込んだ。太腿に力が入るが、がっちりと押さえつけられていて閉じることができない。サラサラした髪が剝《む》き出しの肌を滑って、気持ちよさを助長する。

「これなら、よいであろう？」

ジュルリ、と唾液の絡む音。震えるそこに吐息がかかる。舐められ、咥《くわ》えられているのだ。

「や、だめ……っ、あうっ」

首を横に振る。力が入らない。逃げようとしたところを再度咥え込まれ、思わず下腹部のあたりに蹲《うずくま》っている黒鉄の肩に摑みかかった。

「葵……」

制止を無視して、黒鉄はこぼれる滑《ぬめ》りと唾液を絡ませた指を、ゆっくりと後ろに這わせていく。

「うぁ……っ」

進入してきた指の圧迫に、呼吸が止まりそうになる。いつかの時とは違い、黒鉄はほとんど一直線に内奥を目指し、ある一点まで来たところで腹側の内壁をグッと押し上げた。そうされた瞬間、感じたことのない強烈な快感で、目の中に火花が散った。

「ひっ……いっ、あ、あっ……」

痙攣《けいれん》する身体を制御できない。甘い痺《しび》れと言いようもない切なさで喉が戦慄《わなな》く。挿入した指をそのままに、黒鉄が伸び上がってきておれの顔を覗き込んだ。

「後ろだけで達したか?」

「な……に?」

濡れた唇がおれの言葉を塞《ふさ》ぐ。差し出された舌に、まるで縋《すが》るように自分のそれを絡ませ、身体中に広がっていく火花の余韻を味わった。それを与えてくれた黒鉄の存在が切なくて、もどかしくてならない。

もっとそばに来て。もっと、もっと。お願い。

「離れないで……」

キスが外れて距離があきそうになるのが嫌で、思わず震える手で着物の襟を摑む。今ならこの流れる涙の意味が分かる。肉体の反射じゃなくて、ただの生理現象じゃなくて——

「離れるものか」

黒鉄の声も震えている。

唇を合わせたまま、熱の塊が自分の中に入ってくるのを受け止めた。

ひとつになりたいと思えるくらい誰かを好きになれたことが、幸せでならなかった。


日曜日に相応《ふさわ》しい、晴れて暑い日になった。

郁生さんはちょっとだけあらたまったジャケット姿で現れた。

墓地ではいかにも高そうなそれを脱いで、積極的に掃除を手伝ってくれた。ふたりしてすっかり汗をかいてしまったけど、墓が綺麗になると清々《すがすが》しい気分になった。

飲み物と菓子それから線香をあげて、両親に手を合わせる。

降るような蟬《せみ》の声。木々の葉が風に揺れる音。それ以外はひと気もなく、とても静かだった。

「昨日のお話ですけど、やっぱり遠慮させてください」

前置きは全部省いた。冷たい缶コーヒーを飲みながら、郁生さんは大きく目を見開いてみせる。

「そんなに急いで結論を出さなくてもいいんだよ？　冬までに……」

「いいんです」

買ってもらったジュースで喉を潤し、きっぱりと言い切った。

「おれが将来どうなりたいかって、訊いてくれましたよね？　やりたいことはたくさんあります。でも、一番は、この先もあの家で黒鉄と、大事なひとと暮らしていきたいんです」

それ以上のことを今は考えられない。この先やりたいことができても、欲しいものが見つかっても、黒鉄がいないと意味がないんだ。

「大事な、ひと？」

「あ、えーっと、か、家族って意味です！　黒鉄が！」

焦って説明するおれに、郁生さんはふっと、小さく息をついて笑う。

「そうかぁ……」

それは、仏間で手を合わせたあとに見せた表情と、同じに見えた。

「その、本当にごめんなさい」

濃い葉陰がその顔に落ちている。泣いているようでドキリとしたが、その暗さを振り切るように、郁生さんはパッと顔を上げ、明るく笑ってみせた。

「謝ることなんかないよ。葵の人生は葵のものだ。ぼくが押しつけるものじゃない。でも、そうだな」

飲みきった缶をそばのゴミ箱に捨て、考えるように言葉を切る。

「ぼくも遠くにいるけど、葵のことを心配している家族のひとりだと思ってくれると、嬉しいな」

「郁生さん……」

危うく泣きそうになったのは、おれのほうだ。

「紗夜子姉さんは血の繋がりこそ遠かったけど、ぼくのことを本当の弟みたいだって言ってくれてた。だから、……葵もぼくにとって大切な弟だよ」

そう言われても、鼻の奥がツンと痛むのを必死に我慢していて、うまく返事ができない。

おれが黙っているのを見て、郁生さんは困ったように笑った。

「昨日会ったばかりで弟扱いは、ちょっと図々《ずうずう》しかったかな？」

「そんなことないです！」

慌てて首を横に振る。力いっぱい否定したおれに、郁生さんは驚いたように固まった。

それでもすぐに嬉しそうに笑って、本当のお兄ちゃんみたいに、おれの頭をポンポンと撫でてくれた。

「ありがとう。葵はいい子だな。自慢の弟……って感じかな」

「あれ、お迎えだよ。葵」

このあと東京の本社に向かい、それからアメリカに戻るという郁生さんを駅まで送る。その途中、まるでおれたちのことを見ていたように黒鉄が現れた。

「来ちゃったのか」

黒鉄はおれたちの前を、まるで先導するように歩いた。上手に日陰を選びながら。私鉄の長閑《のどか》なホームに黒鉄も一緒に入場したところで、郁生さんの乗る電車がやってくるアナウンスが流れる。

「短い時間だったけど、会えて嬉しかったよ。葵」

郁生さんはそう言って最初の時のようにハグしようとしたが、おれの後ろで黒鉄が見ていることに気づいて、腕を引っ込める。

「猫って、ヤキモチ焼きなんだね」

それから可笑しそうに笑うと、右手を差し出した。まったくもってその通りなので、おれもつい笑ってしまう。笑いながら握手を交わすおれたちを、黒鉄が面白くなさそうに眺めていた。

「ぼくの助けが必要になったら、いつでも連絡してくれ。それから、今年中だったらいつでもアメリカに遊びにおいで。ニューヨークを案内してあげるよ」

「はい。いろいろありがとうございます」

やってきた電車に乗り込む寸前、郁生さんは思い出したように振り返った。

「えーと、黒鉄……だったよね」

「うにゃ?」

それからその場にさっとしゃがみ込み、何度かためらったあと、手の平でそっと、黒鉄の頭に触れたのだった。

「葵をよろしくな」

『まあ、よかろう』

とでも言いたそうな顔で、黒鉄は小さな頭を擦りつける。

同じその手を電車の窓の向こうで振りながら、郁生さんは帰っていった。濃い影を作るホームの屋根の下、降るような蟬の声を身体中で受け止めながら、おれと黒鉄は電車が見えなくなるまでそこに立っていた。


夏休みが始まってすぐ、アメリカから小包が届いた。

差出人はもちろん郁生さんで、同封されていた手紙には先日の訪問のお礼と、ニューヨークでの夏の様子が書かれていた。あっちも日本と同じで、毎日うだるように暑いらしい。

『アメリカ最後の夏を満喫しているよ』

いかにも彼らしい楽しげな手紙に、つい口元が緩んだ。

『同封したのは黒鉄にプレゼントだよ。黒にはピンクが洒落《しゃれ》てると思って』

それは紫がかったエナメルピンクの、リボンタイ型の首輪だった。

「可愛いー！　黒鉄、これさぁ……あれ？」

卓袱台の下を覗くと、ついさっきまでいた黒鉄がいなくなっている。キョロキョロして探すと、居間から逃げ出すお尻が見えた。

「絶対につけぬぞ。そんな女子のような色」

首輪を持ったまま追いかけると、廊下の中ほどで振り返り、そう牽制《けんせい》してくる。

「なんでだよ。郁生さんがせっかく送ってくれたんだぞ？　アメリカ製だぞ？　いいからちょっと。ちょっとだけ！」

負けじと距離を詰め、小さな身体を掬い上げようとするが、素早く逃げられてしまった。

「葵！　お前、面白がってるであろう！」

「違うって！」

夏本番の日本からも、返事の手紙を書こう。アメリカにいる大事なおれの家族に。

ドタバタと賑《にぎ》やかな足音が広い家中に響き渡る中、おれはそんなふうに考えるのだった。

余話　黒鉄《くろがね》、おつかいに行く

「ねえ。見て、あれ」

「え？」

「ほら」

「あ、猫？」

七月某日正午過ぎ、江ノ島電鉄藤沢《ふじさわ》行きの車内は観光客で賑《にぎ》わいを見せていた。

切り通しを抜けるたびに、車内には日差しがスポットライトのように差し込む。そんな座席のすみに、場違いな小さな影がひとつ。

「えー、うそぉ」

「誰《だれ》か飼い主がいるのかな？」

座席の一番端に黒猫が一匹、香箱を組んで座っていた。

キリッとしたひげ。身体《からだ》に巻きつけた長い尻尾《しっぽ》。落ち着き払って微動だにしないその座り姿は、ほかの乗客よりも堂々としている。

「でも隣のひとも飼い主じゃないみたい」

真横に座ったサラリーマン風のスーツの男性は、小さく折りたたんだ新聞を読みながら、時々チラチラと隣の珍客を盗み見ている。

「猫が電車乗って、どこ行くんだろうね」

「買い物じゃない？」

「小判持って？」

『江ノ島、鎌倉《かまくら》観光ガイド』という本を持った女の子たちは、そう言って笑い合った。黒猫は我関せずといった顔つきで目を閉じ、路面電車の揺れに身体を任せていた。

四両立ての電車は、快晴の陽を受けて海沿いを快調に走る。

「江ノ島～。江ノ島です」

車掌がそう告げると、黒猫は目を開けて、スルリと座席から飛び下り、降車する客たちの間をすり抜けた。

「あー、ねこ！」

母親に手を引かれた小さな子供が声を上げる。釣られて周りの何人かが振り返った。

「ほんと、猫だ」

「綺麗《きれい》な黒猫」

黒猫は改札を素早く通り抜けると、土産《みやげ》物屋が並ぶ通りの一本横の細道へと入っていく。

モダンに舗装された土産物屋の通りとは違い、民家とアパートの立ち並ぶこの通りは静かでひと気がなく、空気も心なしかヒンヤリしている。

「変わった客だな」

尻尾を立てて路地の真ん中を行く黒猫に、どこからともなく声が飛んできた。

「赤虎《あかとら》の」

黒猫は立ち止まり、すぐ横にあるアパートの外階段に向かってそう呼びかける。すると、錆《さ》びた階段の奥から虎柄の猫が姿を現した。

「どうした。こんなところまで来るなんて、珍しいじゃねぇか」

「なに、欲しい物があって来たのだ。縄張りを荒らしはせんので穏便に頼むぞ」

虎猫は階段を飛び下り、ブロック塀の上に姿勢よく座ると、面白そうな目つきで黒猫を見下ろした。

「ふぅん」

「なんだ」

「……弁天《べんてん》目当てだろう」

そのセリフを聞いて、黒猫は猫らしくなく、ハァとため息をついた。

「お前はいつもそれだのう。残念ながらハズレだ」

黒猫が呆《あき》れたように言うと、虎猫は疑り深く細めた目でその顔を睨《にら》みつける。

「本当に？」

「本当に」

パタリ、パタリと、虎猫の尻尾がブロック塀を打つ。

黒猫は身じろぎもせずに虎猫を睨み返す。

「……信じてやる」

やがて虎猫がそう言って目を逸《そ》らした。

「日が暮れる前には島を出ろよ。黒鉄殿」

そう言い残すと、虎猫はブロック塀からアパートの外階段に飛び上がり、姿を消した。

「そうしよう」

律儀に返答すると、黒猫は再び悠々とした足取りで、路地の真ん中を歩き始めた。

夏の江ノ島はたくさんの人間でごった返している。島に渡る橋の上空には人間が落とす食べ物を目当てにしたトンビが旋回している。

クレープ売りのバンの下に寝そべっているのは、白黒八割れ猫と鯖白《さばしろ》猫だ。

「この暑いのに、人間つーのはよくあんなに密集していられるよなぁ」

「ホントだぜ。みんなして同じ方向にゾロゾロとよくもまぁ……」

二匹がそうぼやいていると、そのすぐそば、橋の下から欄干に飛び上がる黒い影があった。

「あれ？　見たことないヤツだな」

鯖白が顔を上げる。

「なに、余所《よそ》モン？」

八割れがそう返す。

黒猫は欄干から橋の袂《たもと》に着地すると、自分に気づいた人間たちの視線を振り切るように走り出し、カキ氷の屋台と建物の間に消えていった。

「そうみたい。どうする？」

「暇してたところだ。ちょっと遊んでやろうぜ」

「いいねぇ」

八割れと鯖白はうっそりと起き上がってクルマの下から這《は》い出し、素早く建物の隙間《すきま》めがけて走り込んでいった。

「おい、そこの黒いの」

道筋を確かめるように鼻をヒクつかせていた黒猫の背後から声がした。

「そこ。そこのお前だよ」

反応せずにいると、さらに別の声が飛んでくる。

「……なんだ。ここの者か」

観念して振り返る。段ボール箱を積んだ路地の入口には鯖白と八割れが立っており、黒猫に向かってニヤニヤと厭《いや》な表情で笑いかけていた。

「そう言うお前は余所モンだろ？」

「俺らに挨拶《あいさつ》もなしに、このへんを通ってもらっちゃ困るなぁ」

八割れが段ボール箱の上に飛び乗って黒猫を見下ろす。鯖白が鋭い視線を投げながら路地の出口を塞《ふさ》いだ。

「それはすまなかった。ワシは山二ツまで使いに来たのだ。通してもらってもいいだろうか？」

黒猫はその場で振り向き、二匹を交互に見ながら丁寧な口調で訊《たず》ねる。

途端に笑い出す二匹。

「お使いとはご苦労なこって！　おい、聞いたかよ」

「ああ、聞いたよ。わざわざ島までお使いとは大変だねぇ。残念だけどな、今日はここ、通行禁止なんだ」

二匹は一層見下した態度で黒猫を藪睨《やぶにら》みし、ジワリと距離を詰める。

「ほお……ワシの使いも今日でなくてはならんのでな。押し通すよりほかないようだの」

「なんだぁ？」

「ずいぶん強気じゃねぇか」

八割れの背中の毛が逆立ち、喉《のど》から低い唸《うな》りが漏れた。鯖白は黒猫の死角に回り、その喉元を狙《ねら》って身体を低く屈《かが》める。

「やれやれ、……島のモノと揉《も》めるとまた弁天にアレコレ言われて面倒なのだがの」

威嚇《いかく》する二匹に対して、黒猫は困り果てたという表情こそするものの、特に怯《おび》える様子もなければ臨戦態勢に入る様子もない。

段ボール箱から飛び下りながら、八割れが前足の一撃を繰り出す。黒猫はそれをヒラリと避けて一歩後退した。斜め後ろにいた鯖白が八割れの横に合流し、黒猫は壁際にジリジリと追いやられていく。

「どうした、余所モン」

「でかい口叩《たた》いておいて、怖気《おじけ》づいたのか？」

黒猫はため息をつくと、交互に囃《はや》したてる二匹にゆっくりと視線を向けた。

ザワッ。

黒猫の眼光が二匹を捉《とら》えたと同時に、路地に突風が奔《はし》った。紙くずが吹き上げられ、段ボール箱が音を立てて転がっていく。

「うぉっ!?」

「な、なな、なんだ!?」

二匹は慌てて飛び退《の》いた。突風が、巨大な猫が上げる雄叫《おたけ》びに聴こえたからだ。

「どうかの」

顔を見合わせていた鯖白と八割れは、その声にハッとして振り返る。黒猫が泰然と座ったまま、変わらぬ口調で訊ねた。

「ここはひとつ穏便に通してはくれぬか」

その言葉を聞いて鯖白の尻尾はすっかり萎縮《いしゅく》し、腹のほうへ回ってしまっていた。しかし八割れはなおも食い下がる。

「この野郎……舐《な》めやがって」

「おい、やめとけよ。こいつ多分、相当高位の……」

「うるせぇっ！　コケにされて黙ってられるかよ！」

八割れの尻尾が逆立つ。その先がメリメリと二本に裂け、口から火の粉が散った。

「おお、若いのに見事だな」

その変化を見て、はじめて黒猫が愉快そうな声を上げる。新しい玩具《おもちゃ》を与えられた子猫のような表情だ。

「――だが、己の力量をわきまえず闘いを挑むなど、愚かだの」

言い終わるやいなや、黒猫が紫苑《しおん》の両目を大きく見開いた。

「ひゃあっ！」

ビュウッと、八割れの顔を正面から弄《なぶ》るように、先ほどとは逆から突風が吹いた。

「うぅっ」

恐れをなした鯖白が、そばにあったポリバケツの陰に飛び込む。八割れは一瞬怯《ひる》んだが、地面に爪《つめ》を立ててその場に留《とど》まる。

しかしその怯んだ瞬間に、紫の目をした黒猫は八割れに肉薄していた。

「本当に愚かだ」

凶悪な笑みを含んだ、地鳴りのような声。

限界まで見開いた八割れの目に映ったのは、自分の身体などひと飲みにしてしまいそうな巨大な口と、そこに並んだ鋭利な牙《きば》、そして棘《とげ》の生えた真っ赤な舌だった。

「ひっ……」

ここにきてようやく八割れは理解する。

これは自分とは位の違う者だ。捕食者だと。そして自分は食われるのだ、と。

尖《とが》った牙が八割れの身体に突き刺さるまさにその瞬間、路地に澄んだ声が響き渡った。

「黒鉄！」

ピタリと、巨大な顎《あご》が動きを止める。

「若者を怖がらすのは、悪趣味だぞ」

声は穏やかに笑みを含んで、上空から降り注ぐ。ポリバケツの陰で震えていた鯖白に、その声は人間が言うところの神様の声のように思えた。

黒猫が心外だとでも言いたげに答える。

「怖がらすとは人聞きの悪い」

八割れが我に返ると、巨大な顎などどこにもなかった。

「若い者を躾《しつ》けるのは、年長者の務めだろう？」

それを聞いて、声の主が喉を鳴らして笑う。それに合わせて、リンと鈴が鳴った。建物の壁を蹴《け》って、小さな影が路地に降り立つ。

「なあ、弁天よ」

応《こた》えるように、もう一度鈴が鳴った。

前足を揃《そろ》えて座った黒猫の前に現れたのは、鈴つき首輪をした小柄な錆猫だった。

「違いない」

首輪をした錆猫はコロコロと声を立てて笑う。

八割れが腰を抜かしてその場にへたり込み、鯖白がその横に走り寄る。

「だ、大丈夫か？」

「そこの二匹」

鋭いひと声が飛んだ。

「はっ、はいぃっ！」

鯖白の背中が総毛立つ。

「侵入者への警告と足止め、よくやったな。もう行っていいぞ」

錆猫は肩越しに二匹を見やり、労《ねぎら》う口調でそう続けた。

「は、はい。ありがとうございます。弁天様」

言うやいなや、鯖白はフンッと身体に力を込めた。すると尻尾が二股《ふたまた》に裂け、その身体が大きく膨れ上がる。そして大型犬ほどのサイズになった鯖白は、呆《ほう》けて動かない八割れの首根っこを咥《くわ》えると、路地の奥に向かって走り去っていった。

「ああ見えて、あの二匹はこの島の門番なんだ」

「そうらしいな」

二匹の消えたほうを見ながら、黒猫は自分の前足をペロリと舐めた。

「若いのにうまく変化《へんげ》するものでな。ちとからかいすぎてしまった」

「いいよ。あいつら、時々血の気が多すぎると思ってたんだ。ちょうどいい薬だ」

錆猫は相変わらずニコニコしている。

「使いで来たんだろう？　そこまで少し歩くか？」

錆猫の先導で、黒猫は江ノ島の坂道をゆっくりと登り始めた。

「いつぶりだ？」

「四年」

「そんなになるか。そういえば、お前は正月の宴会にも来ないもんな」

「行くと長老どもに捕まって面倒だからな」

「たしかに。長老たちは飲むと絡むからなぁ」

豪快に笑いながら、錆猫はトタンを踏み、建物の屋根へと飛び乗った。黒猫もそれに続く。

「また猫が増えたか？」

「余所者の流入はそうでもないんだが、またぞろ猫を捨てに来る人間が増えててね」

賑わう参道。土産物屋の店先にも、飲食店の屋根の軒下にも、そこら中に猫がいる。どの猫も錆猫の鈴の音が聞こえるとピクリと耳を立て、顔を上げて二匹のことを見た。

「それだけならまだしも、たまに島の猫を傷つけに来る人間もいる」

二匹が次に飛び乗った屋根で、茶虎の子猫が二匹をじっと見つめていた。

「それで門番を立たせておるわけか」

「そういうこと」

錆猫が立ち止まると、子猫はおそるおそる鼻面を伸ばして、その複雑な色合いの毛皮の匂《にお》いを嗅《か》ごうとした。そこを不意打ちとばかりに、錆猫が小さな鼻先をひと舐めする。子猫は驚いて産毛を逆立てたが、すぐに細い尻尾を立てて、嬉《うれ》しそうにミャアと小さく鳴いた。

「うーん。やっぱり一歳にならない子猫の匂いは格別だな」

「……弁天……」

再度歩き出した錆猫の後ろを歩きながら、黒猫が呆れたように息を吐いた。

「んー？」

機嫌のよさそうな返事。

「相変わらずだな……」

なにがとは、あえて言わず。

黒猫のセリフに錆猫はコロコロ笑って取り合わない。

「相変わらずと言えば、お前まだ人間と一緒にいるんだってな。今日の使いってのもそれか？」

江島《えのしま》神社と書かれた大琵琶と鳥居の前を素早く横切り、二匹は建物の屋根を伝って境内に上がると、弁天堂の裏を通ってさらに展望台がある山頂を目指した。

「まあ、そんなところだ」

石畳の広場に、大道芸人を取り囲む人垣ができていた。ハーバーの見える側とは逆の崖《がけ》に出て、ようやく二匹は足を止めて腰を落ち着ける。

「私に言わせれば、お前は変わり者だよ。黒鉄」

「なんのことだ」

背後の人垣を眺める黒猫。凪《な》いだ海からの風にひげを震わせて、錆猫が続けた。

「猫岳の迎えを断ってまで人間と一緒に暮らしてるなんて、変わり者じゃなきゃなんだってんだ」

その口調は、黒猫を馬鹿にしているというよりも、むしろもっと苛立《いらだ》ったものだ。

「座して下界を見下ろすよりも、やりたいことがあったのでな」

黒猫は錆猫の苛立ちに気づかないふりをして、平然と応える。

「それがあの人間と暮らすことだってか？」

錆猫の大きな目がギラリと光った。苛立ちというより、それはもはや怒りの色だ。

「バカバカしい。人間なんか……。——私はね、黒鉄。人間が嫌い」

「……知っとるよ」

そう吐き捨てる錆猫の尻尾が、小刻みに地面を打つ。黒猫は今までと少し違う、懐かしむようなトーンで返した。しかし相変わらずその顔を見ることはない。

「知恵が浅くて暴力的で、自分より小さな者へのいたわりを持たない、醜くて傲慢《ごうまん》な生き物だ」

大道芸人を囲んだ人垣から拍手と歓声が上がった。黒猫の耳が、人垣が解散して人間が大勢バラバラと歩き出す音を聞く。

「この島の人間たちは、……まぁ、ちょっと違うけどな」

人間の群れに注意深い視線を向けながら、錆猫は少しだけ声を落として言った。

「どう違う」

問いかけると、錆猫は心持ち顎を上げて考えるような仕草をしてから答えた。

「子猫たちにね、人間がメシをくれるんだよ。それにやつらは必要以上に私たちに触ろうとしない。放っておいてくれるんだ」

つまらなそうな口調。人間に助けられることは錆猫にとって、心外なことであると同時に、大きな力になっているのだろうと、黒猫は考える。

「私だけじゃ、次々捨てられる猫たち全部を養ってやることはできないからね」

ちょうどその時、崖の下、一軒家の屋根を、三匹の子供を連れた雌猫がゆっくりと渡っていくのが見えた。

「子猫たちが腹いっぱい食べられるんなら、私が人間を我慢するくらい、大したことじゃない」

じゃれ合いながら歩く子猫たちの画はいかにも平和で幸福だ。錆猫はその様子をじっと見つめる。ほんの少し心配し、それから愛《いと》おしむように。

「人間にも、善いのと善くないのがおる。猫と一緒だ」

同じように親子の背中を目で追いながら、黒猫はポツリと呟《つぶや》いた。

「そうだな」

そう返した錆猫の口調に、もう先ほどのような棘は感じられなかった。

「ワシはお前のような者こそ、お山に迎えられるべきだと思うぞ」

「お前が行くならね。ひとりじゃ退屈そうだ」

しみじみとした黒猫の言葉に、錆猫はさらりと答える。それからふと考えて、

「……なぁ黒鉄。お前の人間は、善い人間か？」

ほんの少しためらいを含んだ口調で、そう訊《き》いた。

黒猫は視線を凪いだ海に投げて、それからゆっくりと答えた。

「善いかどうかではない。大切なのだ」

自然と口元が緩む。

「葵《あおい》なしでは、ワシは生きる意味がない」

たったひとり残った、自分の生きる意味。

錆猫はその言葉に一瞬だけポカンとして、取り繕うように前足で顔を撫《な》でた。

「チェッ！　なにをノロケてるんだか」

その様子を横目に見て、黒猫は可笑《おか》しそうに笑う。

「弁天、お前は、もうよいのか？」

「なんのことだよ」

パタパタと忙《せわ》しない錆猫の尻尾。

「お前の生きる意味を、もう作りはせんのか？」

質問されて、錆猫はもう一度、バカバカしい！　と切り捨て、今度は愉快そうに笑った。

「今の私にとっちゃ、島の子猫たちが生き甲斐《がい》だよ」

その言葉に嘘《うそ》はないことを、黒猫は知っている。

リンと涼しい音で、鈴が鳴った。

「くだらない話をしすぎたね。さっさと使いでもなんでもすませて、島から出ていきなよ」

錆猫は立ち上がると黒猫に背中を向け、さっさと歩き出す。

「弁天よ」

その背中に向かって、黒猫は親愛を込めて声を投げた。

「なんだよ」

耳だけが黒猫に向き直る。

黒猫は喉の奥で笑いながら続けた。

「お前は相変わらず、善いヤツだのう」

「……ふん」

やっぱりつまらなそうに、けれどまんざらでもなさそうに。

錆猫は最後に一度だけ黒猫の紫の目に視線を合わせると、それきり振り返ることなく、江ノ島の緑の中に消えていった。

相変わらず、海は日差しの欠片《かけら》をまき散らしながら凪いでいる。

晩メシはそうめんとツナサラダだった。健全な男子高校生にはちょっと足りない気もするが、なにせ暑くて、料理する気も食べる気も起きない。

「葵」

黒鉄が帰ってきたのは、ちょうど食後の皿を流しに運んでいた時だった。

呼ばれて振り返ると、黒い着流しの手には見たことのある紙袋。

「え、これどうしたの？」

ヒンヤリして持ち重りのするそれを受け取る。懐かしい紙袋に、懐かしい重さだ。

「散歩に行ってきたのでな。土産だ」

黒鉄はそう言うと、懐に手を入れて卓袱台《ちゃぶだい》の前に座った。

散歩……そういえば今日は一日姿が見えなかったな。

「中村屋《なかむらや》の海苔羊羹《のりようかん》……！　お前が買ってきたの？」

中には緑色の包みがひとつ。

「好きだろう？」

卓袱台に肘《ひじ》をついて頭を乗っけた黒鉄は、ふふん、と得意そうな表情をする。

海苔羊羹はおれと母さんの好物だ。夏になると、よく家族三人で江ノ島観光がてら買いに行った。日差しに炙《あぶ》られた石畳、カキ氷の屋台、展望台から見たヨットの群れ――

今年はまだ口にしていなかった。なんとなく、ひとりで買いに行くのも食べるのも、気が進まなかったから。

「食べぬのか？」

嬉しくて、懐かしくて、つい包みを眺めていたおれに、黒鉄が不思議そうに訊いた。

「食べる！」

切り分けた羊羹を、まずは父さんと母さんの前に供えて、軽く手を合わせる。

居間に戻ると、黒鉄がおれの分と自分用の（ちょっとぬるくした）ほうじ茶を淹《い》れていた。機嫌よさそうな尻尾がユラユラしている。

「いただきます」

竹の楊枝《ようじ》で小さく切って、ひと口。

噛《か》みしめると磯の香りが広がって、それからじんわり甘さがやってきた。

母さんの食べ方に倣ってほうじ茶を含むと、磯の風味がうんと強くなり、白餡《しろあん》の甘さも際立つ。

ひと切れを食べ終わるのを見計らって、黒鉄が訊いた。

「旨《うま》いか？」

「うん。すっ……ごく旨い！」

声に力が入るのもしょうがないことだ。本当に、ようやく夏が来たっていう気分になる。

「……もうひと切れいってていいかな？」

竹の柄の包みを見ながら、ちょっとだけ控えめに訊く。晩メシはあんなに進まなかったのに。

「お前にやったモノだ。好きに食え」

猫の絵の湯呑《ゆの》みからぬるいほうじ茶を啜《すす》って、黒鉄は可笑しそうに笑う。

なんだか黒鉄の狙い通りにコロコロ喜ばされているみたいで、ちょっとだけ癪《しゃく》に障る。けれど久しぶりの海苔羊羹の前では、そんな意地はすぐに太平洋の彼方にすっ飛んでしまう。

「紗夜子たちも、喜んでおるかの？」

ふた切れ目を小さく切って楊枝を刺したところで、ふとそんなふうに訊かれた。

突然の、そして意外な質問におれが答えられずにいると、その手がスイと伸びて、おれの手を取った。

「あ」

体温の高い手に触れられてドキリとしたのも束《つか》の間。黒鉄はおれの手ごと楊枝を引き寄せ、羊羹を自分の口に運んだ。

「うむ、懐かしい味だ」

神妙な顔で羊羹を噛みしめてから、黒鉄はゆっくり頷《うなず》いた。表情から見るに、本当は好きではないのだ。しょうがない。だって猫だし。

摑《つか》まれていた手をパッと取り戻す。いきなり触るなよな、びっくりするだろ。

「そ、そういえば、母さん、昔お前にも羊羹あげてたっけ」

ドキドキしたのを取り繕うように、思い出したことをそのまま声に出す。

おれがほんの子供の頃、母さんはおれと父さんだけではなくて、黒鉄用にも小さく切った羊羹を餌皿《えさざら》に乗せて出していた。

「そうだ。並の猫ならば羊羹など食うわけもないのにのう。海苔が入っておるのでワシにも食えると思うたのだろう」

思い出して黒鉄は喉を鳴らして笑う。おれもその画を思い出して、噴き出しそうになる。

羊羹と母さんを前にして、どうすればいいか困っている黒鉄。

「母さん、天然だったからなぁ」

――好きなものは、みんなで分け合いたいじゃない。

結局その時は、父さんに宥《なだ》められた母さんが羊羹を引っ込めたんだったか。

母さんにとって黒鉄は、ずっと昔からおれたちと同じ家族だったのだと、今さらながら思う。

「きっと、母さんも父さんも喜んでるよ」

黒鉄の顔を正面に見て、おれはそう請け負った。

だって、母さんも父さんもいなくなったけど、三人で食べていた羊羹を分け合える家族が、今もいてくれるんだもの。

黒鉄は驚いたように一瞬大きく目を見開いたが、すぐにいつもの余裕ぶった薄笑いに戻る。そしてゴロリと横になったかと思うと、正座していたおれの太腿《ふともも》の上に頭を乗せてきた。

「わっ！　おい、膝枕《ひざまくら》は猫の時だけって約束だろ⁉」

いきなりのことに驚いて声を上げるが、黒鉄はしっかりと膝の上で寝相を整えてしまう。

長い黒髪がハーフパンツから出た素肌の上でサラサラ流れてくすぐったい。

「固いことを言うな。気にせず羊羹を食え」

紫の目が、面白そうにこっちを見上げた。

「あのなぁ……」

呆れ半分、気恥ずかしさ半分でその視線から目を逸らす。

「葵よ」

笑みを含んだ低い声が、囁《ささや》くようにおれを呼んだ。

振り返ろうかためらって横目で黒鉄の顔を見ようとした時、黒鉄の手がおれの頬《ほお》に触れて——、それから熱い舌が、おれの唇をペロリと舐めた。

「――っ！」

一瞬で顔に血が昇る。

舐められた部分を隠そうとしたおれの手は、素早い黒鉄の手に摑まれて。

「お前はワシの生き甲斐だ」

耳元でそう囁く声はやたら甘くて優しかった。

また、おかしな術でも使われたのかもしれない。そのまま黒鉄の顔が近づいてきて、唇が触れ合うのは分かったのに、ちっとも抵抗できなかったんだから。


これから海苔羊羹を食べるたびに思い出すのは、母さんたちのことと、今夜のことになりそうだ。

あとがき

はじめまして。小川睦月と申します。

同人誌版から応援してくださっている方には、お久しぶりです。

ラルーナ文庫創刊おめでとうございます。このたび、新創刊のＢＬレーベルにて商業デビューという形になり、光栄の極みであります。

『拝啓 愛しの化け猫様』をお手に取っていただき、ありがとうございます。

本作は二〇一四年から同人誌で発行してきた同名シリーズの一、二巻と、その周辺の番外編をまとめた物です。シリーズを書き始めた頃の稚拙な情熱や勢いを、新たな書き下ろしとともにパッケージしていただきました。楽しんでいただけると、とても嬉しいです。

物語の舞台となった街には、時々遊びに行きます。住宅のすぐ裏を走る単線の電車を途中下車し、海沿いの国道をブラブラ歩いている時には、葵たちもこういう風景を見てるのかなぁと考えたりして、イメージが膨らんだりもします。そうしてボンヤリしていると、手に持った覆面饅頭を滑空してきたトンビに攫われたりするんですけどね（実際二回やられました…涙）。

これが浩隆だったら、大げさに悔しがって「憶えてろよー！」と大騒ぎなんでしょうけど、黒鉄だったら、気配を読んでサッと避けるんでしょうね。さすがです。そしてそれを見て横で笑ったり驚いたりしている葵がいて。こういう日常の何気ない妄想が、物語を書く原点になっている気がします。

今回素敵なイラストで葵たちを描いてくださったサマミヤアカザ様、本当にありがとうございます。妖艶かつ凛々しい黒鉄と、愛らしくも芯の強そうな葵は、まさに思い描いていたイメージそのままでした。主役のふたりもですが、脇キャラたちが活き活きと魅力的に描かれていて、本当に嬉しかったです。

担当様のご指導ご鞭撻には大変助けられました。この作品のために尽力してくださったすべての方へ、本当にありがとうございます。

いつも応援し、励ましてくれる家族と友人たちにも、この場を借りて謝辞を。

そしてこの本を読んでくださった皆様にも、心から感謝いたします。

これからもより良いものを書けるよう、精進して参ります。

またこうしてどこかで再会できることを願って。

小川睦月

第一話：同人誌『拝啓 愛しの化け猫様　壱』（二〇一四年三月発行）に加筆修正
第二話：同人誌『おまけの化け猫様』（二〇一四年三月発行）に加筆修正
第三話・第四話：同人誌『拝啓 愛しの化け猫様　弐』（二〇一四年三月発行）に加筆修正
第五話：書き下ろし
余　話：同人誌『うちの黒鉄が化け猫だと分かった、その後のこと。』（二〇一四年八月発行）に加筆修正

ラルーナ文庫

この本を読んでのご意見・ご感想・ファンレターなどお待ちしております。〒110-0015 東京都台東区東上野5-13-1 株式会社シーラボ「ラルーナ文庫編集部」気付でお送りください。

拝啓《はいけい》　愛《いと》しの化《ば》け猫様《ねこさま》

2015年11月7日　第1刷発行

著　　者｜小川《おがわ》 睦月《むつき》

装丁・DTP｜萩原 七唱

発　行　人｜曺 仁警

発　行　所｜株式会社 シーラボ
〒110-0015　東京都台東区東上野 5-13-1
電話　03-5830-3474／FAX　03-5830-3574

発　　売｜株式会社 三交社
〒110-0016　東京都台東区台東4-20-9　大仙柴田ビル2階
電話　03-5826-4424／FAX　03-5826-4425

印刷・製本｜シナノ書籍印刷株式会社

ISBN978-4-87919-881-5